青少年
趣味故事馆

（插图收藏本）

8

探寻中外悬案故事

悬案·悬情·悬疑

司马榆林◎编著

河南文艺出版社

图书在版编目(CIP)数据

悬案·悬情·悬疑:探寻中外悬案故事/司马榆林
编著. —郑州:河南文艺出版社,2013.12(2016.7 重印)
(青少年趣味故事馆)
ISBN 978-7-80765-906-8

Ⅰ.①悬…　Ⅱ.①司…　Ⅲ.①故事-作品集-中国
-当代　Ⅳ.①I247.8

中国版本图书馆 CIP 数据核字(2014)第 000497 号

出版发行　河南文艺出版社
本社地址　郑州市鑫苑路 18 号 11 栋
邮政编码　450011
售书热线　0371-65379196
承印单位　河南日报报业集团有限公司彩印厂
经销单位　新华书店
纸张规格　700 毫米×1000 毫米　1/16
印　　张　9.5
字　　数　107 000
版　　次　2013 年 12 月第 1 版
印　　次　2016 年 7 月第 2 次印刷
定　　价　18.00 元

目　录

第一章　帝王的悬案故事

第二章　后宫的悬案故事

第三章　治国名臣的悬案故事

第四章　戎马将军的悬案故事

第五章　红颜美人的悬案故事

第一章 帝王的悬案故事

秦始皇是怎么死的？

始皇三十七年（公元前 210 年），秦始皇死在了第五次出巡的路上。临终前，他曾让赵高写遗诏，给长子扶苏："与丧命咸阳而葬。"但是，信未送出，秦始皇就死在沙丘行宫（今河北广宗附近）了。关于秦始皇猝死的原因，有人说是死于非命，有人说是死于疾病，真相到底如何，史学界也莫衷一是。

死于非命说。《史记》在《李斯列传》《蒙恬列传》等记载

中，就有秦始皇死因蹊跷，是古史上的谜案一说。他们认为秦始皇身体一向健壮，死时年龄也不过五十，并不算衰老。在平原津得病后，还能走一百四十多里到沙丘，甚至病中依然口授诏书给公子扶苏，可见病情并不是很严重，依然思维清晰，远远不至于要命。

再看秦始皇驾崩的沙丘行宫，原本是殷纣王豢养禽兽的地方，地处四面荒凉之境，宫室空旷深邃、与外界隔绝，似乎很适合发生点意外之事。实际上，战国时，赵武灵王因庇护叛乱的长子章，被公子成和李兑包围在这里，欲出不能，又不得食，就是活活饿死在沙丘行宫中的。

郭沫若在《秦始皇之死》这篇小说中曾描述秦始皇死时的症状：右耳流出黑血，右耳孔内有一根寸长的铁钉。郭沫若认为秦始皇之死是胡亥下的毒手，他担心赵高、李斯发生动摇而果断下手。

不过，就当时的情形来看，赵高、李斯诏书、玉玺在手，谁当皇帝自然是他们说了算。而且，赵高作为皇帝的近侍，动手似乎更加方便。

死于疾病说。关于秦始皇之死，《史记》在《秦始皇本纪》《李斯列传》《蒙恬列传》等处都有记载，死因已明。《史记》对于秦始皇的死因有如此的记载：自幼有疾，身体底子不好。《秦始皇本纪》记载："秦王为人蜂准，长目，鸷鸟膺，豺声，少恩而虎狼心……"郭沫若据此分析，时常患着支气管炎，所以他长大后胸部和鸷鸟一样，声音似豺狼；登基后，事无巨细都要亲自裁决，每日批阅文书达一百二十斤，工作极度劳累，又引发脑膜炎和癫痫等病；巡游中恰遇七月高温，促使他在途中病发身亡。

是病故还是被害？秦始皇之死依然是个谜。好在始皇陵依然保存完好，秦始皇的遗体可能还在，而且墓中的水银对遗体有冷凝防腐作用：等发掘始皇陵时，秦始皇死亡之谜自然就解开了。

曹操的七十二疑冢之谜

从北宋开始，曹操奸雄形象就深入人心。说他奸诈的有力证明就是其墓址不详。传言曹操有七十二疑冢，就是邺城以西有北朝墓群。

南宋人罗大经《鹤林玉露》说："漳河上有七十二冢，相传云曹操冢也。"元人陶宗仪《南村辍耕录》也写道："曹操疑冢七十二，在漳河上。"

这七十二疑冢本是传说，不过为了迎合曹操奸诈的形象，人们似乎对这疑冢之事深信不疑，而且认为是曹操奸诈本性的体现。

宋人愈应符在《曹操疑冢》中写道：生前欺天绝汉统，死后欺人设疑冢。人生用智死即休，何有余机到丘垄。人言疑冢我不疑，我有一法告君知，直须发尽冢七二，必有一冢藏君尸。

元末明初的小说《三国演义》中，罗贯中直接将传说渲染成了遗命。他写道，曹操遗命：彰德府讲武城外，设立疑冢七十二。活着就要行诈，其奸雄形象力透纸背。

清人蒲松龄在《聊斋志异》中收入了一篇《曹操冢》，曹操疑冢从邺城扩大到许昌城外，位置也从地下扩大到水底，而且最关键的是，曹操墓可能不在七十二疑冢之中，曹操诡诈可见一斑。

还有传言说，有人亲见曹操墓。褚人获《坚瓠集》续集"漳河曹操墓"条记载了捕鱼者误入曹操墓的故事，说："初启门，见其中尽美女，或坐或卧或倚，分列两行。有顷，俱化为灰，委地上。有石床，床上卧一人，冠服俨如王者。中立一碑。渔人中有识字者，就之，则曹操也。"

曹操墓的真相就在这些民间故事的渲染中逐渐变得诡异、离奇，也更加引人注目。在众口相传的民间舆论面前，史料显得有些苍白无力。

那么，曹操墓的真相到底是什么呢？

古诗有云："铜雀宫观委灰尘，魏之园陵漳水滨。即令西湟犹堪思，况复当年歌无人。"难道曹操墓是在漳河河底？民谣唱："漳河水，冲三台，冲塌三台露出曹操的红棺材。"曹操墓或是在邺城的铜雀台等三台之下？传说毕竟是传说，与史实明显不符，也没有考古发现的证据。

关于曹操墓还有一说是在其故里谯县的"曹氏孤堆"。谯陵就是"曹氏孤堆"，位于城东二十公里外。这里曾有曹操建的精舍，还是曹丕出生之地。

证据一：魏文帝回乡祭祀。《魏书·文帝纪》载："甲午（220年），军治于谯，大飨六军及谯父老百姓于邑东。"《亳州志》载："文帝幸谯，大飨父老，立坛于故宅前树碑曰大飨之

曹操

碑。""丙申，亲祠谯陵。"曹操死于该年正月，如果初二葬于邺城的话，魏文帝曹丕为何返故里？是不是为了纪念其父曹操？

证据二：曹家祖坟。又据记载：亳州有庞大的曹操亲族墓群，其中曹操的祖父、父亲、子女等人之墓就在此。曹操葬于此无可厚非。

这种说法貌似证据确凿，却也缺乏可信的证据，遭到许多人的质疑。

曹操墓到底在哪里？

经过文物、文史工作者不懈的努力，对出土石碑、石刻的研究，曹操墓的大体位置基本可以认定。即在河北磁县时村营乡中南部和讲武城乡西部或河南安阳县安丰乡境内。此地与曹操《遗令》中对墓葬的位置安排切合度很高。

位置相符。《遗令》中说要葬于邺之西冈上，与西门豹祠相近；《遗令》中说要其后人时登铜雀台，望吾西陵墓田。经实地考察，这一带处在从铜雀台登高西望所见的最好位置。

地质相符。曹操《终令》中古之葬者，必居瘠薄之地。这里地势较高，漳河不能灌溉，土质较差，至今这里不少土地仍难以耕作。

史料佐证。此地符合《三国志》《晋书》等正史中都有曹操葬于这一带的有关记载；鲁潜墓志反映的曹操墓位置，与磁县时村营乡中南部和讲武城乡西部，只隔一条漳河，属于一个方向。

风水佐证。从选墓的古代堪舆学理论的角度，这一带也适于建造帝王陵墓。当地的武吉、西曹庄、朝冠、东小屋、西小屋等似乎也与守陵和祭祀有关。后来出土的后赵十一年鲁潜墓志也证明了这一点。

相信经过考古发掘，曹操墓之谜最终会解开。

曹操不登基称帝的原因是什么？

《三国志》记载，建安元年八月，曹操挟持汉献帝迁都许昌，将献帝变成了自己手中的一个傀儡和一张王牌，自此曹操开启了"挟天子以令诸侯"的政治生涯。

随着曹操实力剧增，献帝的傀儡化程度也就越来越深了。

随后，献帝任命曹操为司空，兼车骑将军，主持朝政。最初，献帝是将大将军一职留给曹操，封武平侯，却引来袁绍不满，曹操只得将大将军的职位让给袁绍，自己做了大司空。

建安二十二年（217年）四月，献帝诏令曹操设置只有天子才可使用的旌旗，俨然皇帝外出一般，左右严密警戒，不让行人通行。

五月，曹操修建泮宫，这是诸侯才有权享受的。

六月，曹操军师华歆被任命为御史大夫。

十月，献帝诏令曹操像天子那样头戴悬垂有十二根玉串的礼帽，乘坐专门的金银车，套六马。同时，封其长子五官中郎将曹丕为魏国太子。

至此，曹操的代汉意图早就昭然若揭，他不仅在事实上独揽朝廷的大权，而且在形式上，也同皇帝设置没有什么两样了。在通向帝王的道路上，他几乎已经走到了终点。唯一缺少的就是一个皇帝的名号了。

即便如此，曹操终究没有迈出称帝的最后一步，这是为什么呢？据研究，主要有以下几个方面的原因：

第一，从当时形势来看，贸然称帝会给政敌和拥汉派舆论上的借口，使自己陷入政治上的被动。曹操的一生，内部的反对和反叛几乎都发生在他被封为魏公、魏王之后。可见，维持献帝这块招牌，对于安抚拥汉派，巩固内部，意义巨大。

再者，从建安十五年（210年）起，曹操就一再"自明本志"，说自己绝对没有代汉自立的意图，以安抚大众。如果突然改变主意，否定自己，对自己的声誉名节必然会造成不利影响。与其给反对派可乘之机，倒不如坚持把戏演下去。

第二，孙权虽曾力劝他称帝，却是为了自己的利益。首先，孙权如此做是为了获得曹操的信任，缓解吴、魏之间的不睦局

面，让自己专心对付蜀汉。襄樊之役中，孙权夺荆州，偷袭关羽，帮了曹操的大忙，却也得罪了刘备，破坏了吴、蜀之间长达十年的联盟，这时，为避免陷入腹背受敌的不利境地，缓和同曹魏的矛盾就显得十分重要了。其次，孙权认为曹操真的称帝，拥汉派将会强烈反对，曹操因此陷入困境，就会减轻对吴国的威胁。看穿了孙权意图的曹操，自然不肯轻易上当。

第三，建安二十四年（219 年）曹操已六十五岁，年纪大了，估计自己将不久于人世，这也可能是他不愿称帝的一个原因。其实，曹操当时已经掌握了实权，虚名并不重要，"施于有政，是亦为政"一语，是他内心想法的真实写照。作为一个讲实际的人，曹操自然明白自己该做什么。

刘备白帝托孤是出于真心吗？

蜀汉昭烈帝刘备（161—223）字玄德，涿郡涿县（今河北涿州）人。据说是汉中山靖王刘胜的后代，三国时蜀汉开国皇帝，政治家。陈寿（《三国志》作者）以"弘毅宽厚，知人待士，盖有高祖之风，英雄之器焉"来评价他。此人不仅知人有乃祖之风，就连高祖扔儿子的风气也延续下来，历史书上有记载，刘备一旦打了败仗，总是扔下老婆孩子，自己逃跑。没有人知道，他到底丢了几个儿子，而刘禅自然也不是他的长子。

219年，即建安二十四年，刘备打败曹操夺取了益州咽喉汉中，镇守荆州的关羽也发动了襄阳、樊城战役，水淹七军、斩庞德、降于禁，打得曹操几乎迁都，蜀汉形势似乎一片大好。然而，曹操并不甘心失败。不久，在曹操和孙权联合下，吕蒙白衣渡江偷袭荆州江陵、公安，关羽败走麦城，最后被杀。两年后年近六十一岁的刘备称帝，为了报仇愤然起兵，却在夷陵惨遭失败，辛辛苦苦累积的精锐力量几乎损失殆尽。

军事失败让蜀国大伤元气，内外交困，刚刚建立的政权就像风中之烛，稍有不慎就会熄灭。幸好有"千古第一贤相"诸葛亮苦苦支撑。

惨败后的刘备，在（永安奉节县）白帝城一病不起。

章武二年（222年），刘备召益州犍太守李严到永安，拜尚书令；章武三年二月，又急召诸葛亮到永安；四月，刘备托孤于诸葛亮。不久，他因羞愧交加在白帝城去世。

"托孤"通常发生在先君早逝、嗣君年幼的情况下，是古代"家天下"政治几乎不可避免的重大政治现象。忠诚度足够深、能力足够强、威望足够高、与先君关系足够好是选择托孤对象的重要条件，忠诚是首要条件。后世通常用"顾命大臣"来称呼受托孤之任的大臣也是这个意思。这个时候内外交困的蜀国里，德才兼备的诸葛亮无疑是最适合的人选。

比起同期魏国曹叡将曹芳托孤于司马懿和曹爽、东吴的孙权将孙亮托孤于诸葛恪等以血淋淋收场的结局，刘备的托孤算是托

对了人，诸葛亮的后半辈子都在殚精竭虑地辅佐刘禅，自己也因忠诚而流芳千古。

"如其不才，君可自取"是刘备对诸葛亮的托孤之言。刘备为什么要这么说？历史上争议很多，至今众说纷纭。

有人说这是刘备的真心话。在《三国志·先主传》里，陈寿对此评价很高："举国托孤于诸葛亮，心神无贰。诚君臣之至公，古今之盛轨。"赵翼说："千载之下，犹见其肝膈本怀，岂非真情流露？"《三国志集解》里卢弼说："有所感于中，不觉言之如是。"

也有人说这不过是权谋的把戏。托孤于诸葛亮，刘备是不得已而为之，自己又不放心，于是"阴怀诡诈"逼着诸葛亮表尽忠之态，王夫之在《读通鉴论》里也提到"非剖心出血以示之，其能无疑哉"。

还有人认为所谓的"自取"，并不是让诸葛亮"自代"，而是说，如果刘禅不肖无能，诸葛亮可以在刘备另外两个儿子中选立一个。

其实，《三国演义》里的评说已经把问题说得很明白了："或问先主令孔明自取之，为真话乎，为假语乎？曰：以为真，则是真；以为假，则亦假也。"

这就是历史。解释那些已经发生的陈年旧事，你怎么看才是关键。关于刘备托孤之谜，我们期待有更加合理的解释。

隋炀帝弑父夺权之谜

公元 581 年，杨坚取代周称皇帝建立隋朝后，长子杨勇被立为太子，杨广为晋王，另外三子杨俊、杨秀和杨谅也一一封王。

杨勇被立为太子，不仅是遵照"立嫡立长"的原则，更是因为他自幼好学，性情温厚，擅长辞赋，颇得杨坚的喜爱。而杨广不同于杨勇，为人灵活，善于处世，而且生得仪表堂堂，聪敏好学，接人待物格外谦虚，更得独孤皇后的喜爱。

杨广利用自己"两面派"的拿手好戏赢得不少赞誉。杨广深知独孤皇后性格奇妒，虽然自己府中藏有许多歌姬美女，却从不让外人知道，每天只跟萧妃住在一起，对外表现出一副好男人的面目。上朝时的车马侍从，也很俭朴，而且恭敬地接待朝廷大臣，极讲礼节。这样一来，不仅赢得了独孤皇后的赞赏，不明真相的朝臣也对其大加赞扬。不仅如此，杨广还暗中指使党羽杨素等在父皇母后面前盛赞自己的功德，并且多说太子杨勇的过错。一时间，家里家外朝内朝外，到处都是贬低杨勇、支持杨广的声音。不久，杨广又命心腹太史令袁充假借天象对文帝说："臣观天文，皇太子当废。"公元 600 年，隋文帝杨坚终废太子杨勇为庶人，立杨广为太子。杨广除去了自己登上龙位的第一道障碍。

公元 604 年，六十四岁的隋文帝到九重山（今陕西麟游）下的仁寿宫去养病。宣华夫人陈氏、太子杨广随侍左右。一日，四下无人，杨广见宣华夫人陈氏生得美貌竟起色心，便上去搂住宣华夫人。夫人惊恐拒绝，逃到文帝卧室躲避。杨坚见宣华夫人发髻松散，才知杨广兽行，大怒，随即召来兵部尚书柳述、黄门侍郎元岩，要他们起草诏书召杨勇。

哪知皇帝的小动作并没有瞒过杨广。杨广和心腹杨素迅速谋划，先是派大将宇文述、郭衍担任指挥守住仁寿宫各门，禁止出入；又逮捕柳述、元岩，撕碎诏书；又令左庶子张衡入寝殿，把宣华夫人、宫人和太监都赶到别处，只留张衡一人。不久"血溅御屏，冤痛之声闻于外"，文帝就这样死掉了。最后，杨广伪造遗诏，赐死杨勇以及诸弟。听说哥哥篡权夺位，最小的弟弟杨谅起兵讨伐，但不久便被镇压了。

杨广在弑父杀兄后登上了帝位，称炀帝。杨广登基后，在国内"修通运河"、"三游江都"，对边疆"三驾辽东"、"西巡张掖"，政治上"开创科举"。这些事情在今天看起来都算是异乎寻常的伟业，展示了其过人的政治和经济、军事才华。

"大运河"将钱塘江、长江、淮河、黄河、海河连接起来，使黄河流域、长江流域逐渐成为一体，为中国后世的繁荣富强打下了牢固坚实的基础。

公元 609 年（大业五年），隋炀帝率大军从长安出发到甘肃陇西，西上青海横穿祁连山，经大斗拔谷北上，到达河西走廊的张掖郡。到达张掖之后，西域二十七国君主与使臣纷纷前来朝见隋炀帝，表示臣服。这就是著名的"西巡张掖"。

"西巡张掖"历时半年之久，途中先后置西海、河源、鄯善、且末四郡，进一步使甘肃、青海、新疆等大西北地域成为中国不可分割的一部分。

在公元 606 年（大业二年），隋炀帝始建进士科。至公元 607

年，考试科目已经有了十科。科举制度由此开始，是中国历史上具有划时代意义的大事。科举制度重才学品质而不重门第，削弱了门阀大族世袭的特权。"任人唯贤"的改革，为选拔下层优秀知识分子提供了极好的机会。这无疑是异常高明的创举，对后世中国影响深远。

在今天，隋炀帝杨广是中国历史上名声最差的皇帝之一。这样的结论未免偏颇。至少，杨广应该算个毁誉参半的皇帝，这样才符合历史事实。

唐中宗是鸩毒而死的吗？

唐中宗李显是唐高宗与武则天所生的第三子，登基不到两个月，就被武则天以其要超封岳父韦玄贞官爵为不当之举而废黜，并押送房州安置。武后晚年病重，在狄仁杰等众大臣力荐下，李显才被召回京城。

公元 710 年农历六月壬午夜，神情郁郁的唐中宗李显身穿赤黄龙袍，呆坐无聊。恍惚间，韦皇后身着华服，博鬓溢彩，饰以十二花树，风情万种，盈盈而来，举动异于平时。安乐公主紧随其后，梳着博鬓，只是头上花树比母亲少了三款。红棉衫，绿罗裙，素纱中单衣，衬得她妖妖娆娆。中宗李显本来对韦后心烦气恼，看见爱女安乐公主随母亲一起，心中柔情顿起，脸上的表情也光亮了许多。

中宗李显居中，安乐公主、韦皇后居左右，畅言欢笑，一幅夫妇情深、爱女绕膝的天伦之乐情景。不久，光禄少卿杨均和散骑常侍马秦客二人亲自奉上两个瓷碗，献于中宗面前。安乐公主娇言："这两碗汤饼是我与母后一起下厨为父皇而做的，父皇，趁热吃了吧。"尽管晚膳进过不久，中宗并无食欲，但在爱女的劝导下依然端起碗，三下五除二，把一碗汤饼悉数吞入腹中。被贬房州（今湖北房县）的二十多年，正是韦后在无数个夜晚为自己亲手做汤饼吃，温暖了他因整日惊悸而抽搐的寒胃。一思及此，再吃着口中的汤饼，李显顿感释然，似乎许多天来与皇后之间的不愉快顿时全消。然而，李显没有料到的是，这次皇后带来的不是温暖，而是永远的寒冷。

一碗汤饼下肚，带来的不是熟悉的温润，而是一阵莫名其妙的剧痛在肚内涌动，恰如万箭钻心，李显霎时感到全身火灼一样。随着手中的碗滑落在地，中宗李显左右顾盼了一下，映入眼中的是韦皇后冰冷无情而又没有任何表情的脸以及小女儿安乐公主略显惊惶的眼神。

倒霉的中宗李显，在惊悸惶恐中度过了二十三年，刚刚登上皇位五年，又被自己的皇后和亲女毒死。

中宗死后，韦后秘不发丧，召诸相入禁中，征府兵五万人屯京城；派亲戚分领诸军以及宫中禁卫军。由此，"万骑"以及其他禁军的统帅皆是韦氏一族。

上官婉儿与太平公主密谋，草拟中宗"遗诏"，立中宗幼子重茂为皇太子，相王李旦参政。结果被韦后党羽宗楚客获知，马上召韦后之兄韦温商量，篡改诏书，以相王李旦为太子太师，虚其职权。

宗楚客等人劝韦后效仿武则天，革唐命，自称帝，并且除掉相王李旦和太平公主等宗属王亲。

相王李旦是唯唯诺诺之人，性格懦弱，平安地熬过武则天、中宗两朝。然而，李旦之子李隆基则是个有抱负的人，他对于父亲的懦弱，以及奸党的欺凌一直愤愤不平。

李隆基时为临淄郡王，任卫尉少卿，兼潞州别驾。之前，他曾非常"有心"，与"万骑"以及禁军其他部府的头领和豪杰交游、玩乐，一直都有来往。中宗崩逝，

李隆基急忙潜回京师，以观时变。不久，韦后的心腹禁军统领韦播等人痛打"万骑"将领，"万骑皆怒"，小队长葛福顺、陈玄礼等人纷纷找李隆基诉苦，大骂韦氏兄弟。李隆基乘机表示要诛杀韦氏一党，以安社稷。众人闻言"皆踊跃请以死效"。

兵部侍郎崔日用平时谄附韦后，得知宗楚客等人想杀相王和太平公主，恐引祸上身，便派个和尚密告李隆基，劝临淄王先下手为强。同时，李隆基又与太平公主密谋，加紧准备起兵诛除韦氏。很快，众人聚集，等待号令。

二鼓时分，天星散落如雪。初秋时分，夜空朗彻，观此星象，果然"天意如此，时不可失"！

众人分别纵马突入羽林营。羽林军内各中、低级官员早有通气，大家又是战友，立刻联手，很快就斩杀了韦氏的兄弟，高举首级在营中呼叫："韦后毒杀先帝，谋倾社稷，今夜当共诛诸韦宗族，马鞭以上皆斩之，立相王以安天下。敢有怀两端助逆党者，罪及三族！"

起事的禁卫军攻克玄德门和白兽门，合兵于凌烟阁前，共杀守门将，斩关而入。宫中诸处禁卫兵，听闻弟兄们起兵，都披甲响应。

李隆基本人勒兵玄武门外，听见凌烟阁处兵士的欢呼声，立刻率领羽林兵冲入。

韦后梦中惊醒，慌不择路，跑入飞骑营，立刻有眼明手快的军士迎上前，当头一刀，砍了她的脑袋。"立功"之人飞身上马，驰至李隆基马前邀功。

安乐公主当晚在宫中照镜画眉，忽然门被踢开，未及回过身，就一刀毙命。

上官婉儿听说外间兵起，知道韦后一党不保，赶紧找出早已准备好的中宗"遗诏"，高执蜡烛，大开宫殿各门，率宫人跪迎起事军人。刘幽求第一个闯入，上官婉儿呈上诏书草稿，表示当初她自己本意是以相王李旦为辅政，后为宗楚客所篡改。刘幽求请示李隆基，临淄王不知为什么，深恨这位美貌才女，命人斩之于殿下。

唐武宗灭佛的原因是什么？

《旧唐书》载："天下所拆寺四千六百余所，还俗僧尼二十六万五百人，收充两税户；拆招提、兰若四万余所，收膏腴上田数千万顷，收奴婢为两税户十五万人。"这是发生在唐代会昌年间，中国历史上出现的一次残酷打击佛教的运动，这场运动的主持者就是唐武宗。

唐武宗灭佛，对唐朝历史和佛教的发展产生了深远的影响。至于他为什么要灭佛，至今仍是一个有待于人们进一步探索的谜团。

　　一些学者指出，武宗灭佛有着深层的经济原因。自从西汉末年，佛教由印度传入中国。到了五六百年后的隋唐时期，达到鼎盛，与儒家和道家并称于世，成为当世三大意识形态。

　　初唐时期，唐太宗、武则天等皇帝，支持佛教的发展，佛教的势力发展迅速，全国的僧尼多达十多万人。寺院拥有免税的特权，出家为僧或投靠寺院做佃户的农民越来越多，"十分天下之财，而佛有七八"，严重影响了国家的赋税收入，成为社会的一大负担。宰相狄仁杰上疏言道，寺院"膏腴美业，倍取其多，水碾庄园，数亦不少。逃丁避罪，并集法门，无名之僧，凡有几万，都下检括，已得数千。且一夫不耕，犹受其弊，浮食者众，又劫人财"。

　　唐代后期，由于佛教寺院的过分扩张不仅严重损害到国库收入，而且寺庙与普通地主间的矛盾也开始尖锐。到了唐肃宗和唐代宗统治时期，寺院不仅拥有强大的经济实力，还掌握政治特权，建立了自己的法律系统。

　　武宗灭佛就是为了保证国家的财政收入，是佛教势力日益扩张的必然结果。早在敬宗时期，宰相李德裕就大力主张灭佛。对于武宗的灭佛之举，李德裕十分认同："独发英断，破逃亡之薮，皆列齐人；收膏壤之田，尽归王税。正群生之大惑，返六合之浇风。出前圣之谟，为后王之法。巍巍功德，焕炳图书。"

　　不过，也有学者对此提出异议。因为佛教与朝廷的矛盾一直都存在，历代许多士大夫严厉抨击佛教耗财蠹国，却从未得到帝王的重视，在武宗之前，唐朝君主多崇信佛教。如果武宗灭佛是出于经济原因，那么他为何还要沉溺于道教呢？

　　于辅仁等学者认为唐武宗与唐宣宗之间的权力斗争是唐武宗灭佛的根本原因。唐宣宗在朝野内外颇有声誉，武宗一直将

唐武宗像

其视为劲敌，对其百般迫害。后来，宣宗被迫逃出皇宫，曾被佛门收留。武宗将佛教视为异己力量，屡次下令盘查寺院僧尼，就是为了找到宣宗的栖身之所。大肆毁灭佛教，对僧尼进行残酷的迫害，是为了报复佛门私藏宣宗之恨。也是同样的原因，宣宗为了报答佛教对自己的大恩，即位之后，立即大兴佛教。

　　这种说法提出后，遭到了一些人的反驳。首先宣宗出家为僧之事，本是无稽之谈。其次，武宗并不是在会昌元年突然转变对佛教的态度，而会昌二年、会昌三年勘问僧尼也不是搜捕宣宗。如果仅仅是为了找人，大可以只查问与宣宗年龄相仿的三十多岁的僧人即可，没有必要兴师动众。

还有些学者进一步指出，灭佛是佛道相争的结果。唐代，佛教的地位一直很高，佛道之间的矛盾长期存在。唐高祖时，将道教立为国教，尊老子为太上老君和"太上玄元皇帝"。武宗未登基前就崇尚道教，和道士走得很近。开成五年（840年）秋，他还召赵归真等八十一人入宫，修"金箓道场"，并亲临三殿，受法箓。登基后，武宗继续信任道士赵归真，修习长生不老之术。赵归真谬称佛道不能两立，佛教会影响道家的修炼。武宗由此认为佛教是自己修仙的障碍，认为僧人的存在是自己修炼成仙的障碍，开始厌恶佛教。

当时的道士们还四处散布谶语：

"李氏十八子，昌运方尽，便有黑衣天子理国。""十八子"与"李"相合，黑衣则是当时僧尼的标志，暗示佛门弟子将取天子之位代之，武宗对佛教更是深恶痛绝。

之后，道士赵归真火上浇油，于宫中"每对，必排毁释氏"，认为佛教"非中国之教，蠹耗生灵"。《旧唐书·武宗本纪》载，赵归真还向武宗推荐了道士邓元起、刘玄靖等人，他们都煽动武宗灭佛。众口铄金，武宗灭佛之心愈盛。

总之，关于唐武宗为何大举灭佛，一向众说纷纭，未有定论。

"陈桥兵变"的真相

宋太祖赵匡胤"陈桥兵变"黄袍加身的故事流传至今。据史书记载，后周显德七年（960年）的正月初一，五代时期的后周君臣正在宫中庆贺新年，忽然接到镇、定二州的急报：北汉勾结契丹人将南下。检校太尉、殿前都点检赵匡胤被宰相范质、王溥等派去抵御。

赵匡胤的军队驻扎于开封东北的陈桥驿，赵匡胤酒醉而卧。将士们已经有拥立之心，他们环立待旦。次日黎明，四周突然叫嚣呐喊，声震原野。赵普、赵光义排闼入内，此时将士们直叩寝帐之门，高呼："诸军无主，愿策太尉为天子。"赵匡胤惊起披衣，未及应酬，便被扶到议事厅。有人乘机将黄袍披在他的身上，众人都罗拜庭下，口称万岁，又扶赵匡胤上马，拥迫南行，返回开封，取代后周政权，建立了北宋。

尽管有史料为证，但是陈桥兵变一直被看做"千古疑案"，其中疑点甚多。黄袍加身是早有预谋。

一、"黄袍不是寻常物，谁信军中偶得之。"

据《涑水纪闻》等书记载："及将北征，京师喧言，出师之日，将策点检为天子。故富室或挈家远避于外州，独宫中未之知也。"可知，当时军队未到陈桥已有兵变之说，未见黄袍，已有天子之说，陈桥兵变也绝对不会是一次偶发事件，而是早有预谋的。

二、宋人笔记记载说，赵匡胤早年曾到高辛庙为自己的功名前程占卜，"自小校以上至节度使，一一掷之，皆不应。忽曰：'过此则为天子乎！'一掷而得。"不论此事的真伪如何，这样的传说足以说明赵匡胤早有反心。在陈桥驿，将士们早已环立呼喊，赵普与赵光义也已报告，而赵匡胤的"醉卧不醒"，显然是有作秀之嫌。

三、《宋史杜太后传》曰，杜后得知其子黄袍加身后，说："吾儿素有大志，今果然。"因而不惊不慌，谈笑自若，还说："吾儿生平奇异，人皆言当极贵，又何忧也。"（司马光《涑水纪闻》卷一）据此，这加身的黄袍似并不是从天而降之物，有人以

诗刺讥道："阿母素知儿有志，外人反道帝无心。"

四、"千秋疑案陈桥驿，一着黄袍便罢兵。"

赵匡胤领兵出战是因国境告急，为什么黄袍加身后，战事立定？可见，镇、定二州的军情是配合赵匡胤兵变自立而谎报的。

以上的论述可以证明，陈桥兵变不过是早有预谋之事。

当然，也有学者认为疑案不疑。

一、镇、定二州军情并非谎报。

《宋史》《续资治通鉴长编》《契丹国志》等史书都记有此事。况且，若是谎报军情配合兵变，那镇、定二州节度使理应是赵匡胤集团中的人，相反二州节度使郭崇和孙行友，或是"追感周主恩遇，时复泣下"，被视为"有异心需谨备"的人；或是在宋初乞解官归山，意欲拥兵自固的人，显然不可能属于赵氏集团，自然不会为军变造假情报。

二、拥立之事古已有之。

清代赵翼认为：五代诸帝，多由军士拥立，相沿以为故事。赵匡胤以前，已有周太祖郭威、唐废帝李从珂、唐明宗李嗣源由军士拥立，这是唐代藩镇割据后军士擅废立之权而留下的遗风，是王政不纲、下凌上替、祸乱相寻的反映。从这段话中，或可一窥陈桥兵变的真谛。

不管事情的真相到底如何，也许陈桥兵变确实有着众多令人起疑的地方，但是，无论陈桥兵变中，赵匡胤个人有什么阴谋和布置，他在即位后能统一中国，结束五代以来帝位由士兵拥立、朝代屡易、政局不安定的局面所起的作用，是应该加以肯定的。

明仁宗朱高炽暴卒之谜

明仁宗朱高炽是历史上著名的短命皇帝，据记载，他登基后不到十个月就突然死亡，享年四十八岁。有趣的是，在他过世前的第三天，他还在处理朝政，显然没有宿世疾病。而史料的记载，他从生病到死于皇宫的钦安殿，前后却只有短短的两天时间。作为一个正处于壮年的皇帝，刚刚登基不到一年就无病而亡，这确实很难说得通。

在《明仁宗实录》《明史·仁宗纪》等正史中又只字不提仁宗的死因，个中缘由无不使人生疑，多年来人们对此有两种不同的见解。

有人说，宣宗"弑父谋位"，明仁宗是被毒死的。

明仁宗是明成祖朱棣的长子，生母徐皇后是明朝开国功臣徐达之女。据说明仁宗幼年十分好学，喜欢读儒家经书，沉静好文，深受祖父朱元璋的喜爱。

洪武年间，曾经有一次，朱元璋让秦王、晋王、燕王的嫡子进京接受他的考查，朱元璋派他们去检阅部队，结果明仁宗回来得最晚，朱元璋就问他为什么这么晚才回来，明仁宗说："天气很冷，我想等士兵吃完饭再检阅，所以，就回来迟了。"朱元璋认为他有体恤臣属的慈悲心，感到非常高兴。因为得到祖父的喜爱，在洪武二十八年（1395年）就被册封为燕王世子。

但是，父亲朱棣却不太喜欢这个长子，认为他过于仁慈，不像自己。他之所以继位一是因为皇位的嫡长子继承制对朱棣是个约束，百官大臣都支持这一制度，朱棣也无法改变；二是朱棣很喜欢仁宗的长子朱瞻基，因为朱瞻基的性情与父亲相反，善骑射，精武事，热衷权力，工于计谋。后来，大学士解缙说了一句"好圣孙"，就打消了朱棣改立太子的念头，因为他想，这皇位最终还是要传给孙子的，朱棣生前曾明确向臣民表明，将来继承明仁宗皇位的只能是长孙朱瞻基。

仁宗的皇位因瞻基而得，而瞻基却不太想把皇位给父亲。明仁宗登基后，虽立朱瞻基为太子，但已经察觉出他不是安分之辈，所以屡有劝诫之语。但是，朱瞻基却迫不及待地为自己早日登基筹谋。

洪熙元年（1425年）三月，明仁宗命朱瞻基南行祭陵（凤阳的皇陵与南京的孝陵）。朱瞻基在四月十四日离京，随侍明仁宗的宦官海涛是朱瞻基的知己，他按预先密谋在五月十三日加害了明仁宗。

还有人说，明仁宗死于嗜欲过度。这种说法更加切合史料的记载。

明人陆钱《病逸漫记》中有记载："仁宗皇帝驾崩甚速，疑为雷震，又疑宫人欲毒张后，误中上。予尝遇雷太监，质之，云皆不然，盖阴症也。""阴症"之说出自明仁宗时一寺人之口，应当有一定的可信度。《明史·罗汝敬传》中记载："仁宗当时是服用治'阴症'金石之方而中毒驾崩。"这些都可以证明明仁宗因纵欲过度而得不治之症。

　　而且明仁宗好色是众所周知的事情，大臣李时勉在他即位不久就曾上一奏疏，个中有劝他谨嗜欲之语。仁宗看了奏折后怒不可遏，当即令军人对李时勉动刑，李时勉险些丧命。直至他弥留之际，仍难忘此恨，说"时勉廷辱我"。可见，明仁宗确实纵欲无度，李时勉奏疏触及他的痛处，否则他不会如此耿耿于怀。

　　仁宗死后，继任的宣宗皇帝曾御审李时勉："尔小臣敢触先帝！疏何语，趣言之。"李时勉叩首答道："臣言谅暗中不宜近妃嫔，皇太子不宜远左右。"宣宗叹息称李时勉"忠"，复其官职。（《明史·李时勉传》）可见，宣宗对仁宗嗜欲也心知肚明，没有责难直谏的大臣李时勉。

　　虽然现在还没有确凿的证据证明哪种说法正确，但是，随着人们进一步的研究，相信最终会给出一个让人满意的答案。

康熙是怎么死的？

在许多描写清朝故事的影视作品中，经常有雍正矫诏毒杀康熙的桥段。从雍正即位后，民间就一直有人说康熙皇帝是被雍正皇帝害死的，事实果真是这样的吗？

大清圣祖皇帝爱新觉罗·玄烨，清朝第四位皇帝，也就是清军入关以来第二位皇帝，年号"康熙"，通称为康熙皇帝，是中国历史上的成功帝王之一。

据记载，康熙六十一年（1722 年）是康熙帝生命的最后一年。他在赴南苑打猎后，因"圣躬不豫，静摄于畅春园"（《大义觉迷录》）。后来病情一直加重，于十一月十三日晚去世。康熙的驾崩在当时引起了人们的关注。关于康熙皇帝的死因主要有两种意见：一是自然病死，二是被皇四子胤禛谋害致死。

我们先来看谋害致死的说法，这样的推测多是与康熙帝在世时的皇子争储位的斗争一起来讨论。

清代原无预立储位之制，康熙奉行"有德者即登大位"。

康熙十四年十二月十三日，玄烨首开其例，两次废立胤礽太子，废储之后，诸皇子的觊觎之心仍未消弭。由谁来继承大清的皇位，康熙帝为此伤透了脑筋，人选迟迟没有公布。在这样的背景下，康熙的死自然会招人议论的。

雍正帝胤禛为自己辩解，说父亲死时，自己并不在场。按照这样的说法，谋害说自然不成立，康熙帝纯属自然病死，胤禛登基也是顺理成章的事情。

不过，很快有人提出质疑。从康熙晚年的言行来看，储君的对象应该是皇十四子而不是皇四子。例如，康熙早年曾三征噶尔丹，以平定西北疆土，但几十年来，这个部族的分裂野心不死，康熙五十四年春，清朝作出西征准噶尔的重大决策，开始向西北地区增派援军。康熙五十七年秋天，康熙皇帝正式任命十四子胤禵为抚远大将军。

可是为何康熙暴亡之后，成了皇四子继承大统？于是人们猜测是康熙帝本欲传位给皇十四子胤禵，结果被胤禛等篡改遗诏，毒死父亲，自拥为皇。

《大义觉迷录》曾记载了这样一些说法就是用来印证以上的猜测："圣祖皇帝原传十四阿哥胤禵天下，皇上将十字改为于字。"康熙病中"降旨召胤禵来京，其旨为隆科多所隐，胤禵不到，隆科多传旨，遂立当今"。甚至朝鲜李氏王朝祝贺胤禛登基的专使回国后都指出："雍正继位，或云出于矫诏。"曾静对此说得更为明确："圣祖皇帝在畅春园病重，皇上就进一碗人参汤，不知如何，圣祖皇帝就驾崩了，皇上就登了位。"（《大义觉迷录》）可见，康熙帝是被毒死的。意大利人马国贤对康熙的去世这样记载："驾崩之夕，号呼之声，不安之状，既无鸩毒之事，亦必突然大变。"

再者当时宣读遗诏在康熙死后，隆科多向在场皇子们下达的。隆科多是胤禛的人，他口中所谓的"遗旨"也就是最有利于胤禛的了。这让皇子们不禁又想入非非。

还有人把雍正即位后的一些举动看做是心里有鬼。雍正在位期间没有居住在康熙生前所居的畅春园，反而另外建造了圆明园。没有去过康熙年年必去的承德避暑山庄，连自己的陵墓也离开了京东马兰峪，在数百里以外的京西易县另外建造西陵。难道真的是毒杀了父亲，内心有愧？

不过，也有人认为康熙帝被谋害致死的说法是经不起推敲的。因为康熙帝生前对胤禛较为信任，临终传位，完全可能，而且康熙帝久病在身，因感冒引起其他病状，其死亡实属正常；再则康熙帝本人对人参"不轻用药"，加上警卫森严，用人参汤毒死他是很困难的。

总之，关于康熙帝的死因问题一直存在着争论，究竟是病死，还是被毒死，还需要专家做进一步的探索和研究。

雍正帝死亡之谜

历史总是喜欢开玩笑，康熙之死让雍正卷入了莫名的是非中，本想以自己一生勤勉换个好名声，结果雍正自己之死也被后人附上了传奇色彩，不过不同于他的父亲，他的死亡版本有的还带着粉红色。

雍正的死亡始终被层层浓雾掩盖着，史书记载雍正之死非常简单：雍正前一天在圆明园行宫病重，第二日下午突然病危，急召大臣，当晚就死掉了。

那么究竟是什么原因导致雍正死亡，史书上没有说，据雍正的心腹大臣张廷玉的私人记录，当时雍正七窍流血，令他"惊骇欲绝"。雍正暴卒引起人们的疑惑，有很多种猜测。归纳了一下，大概有以下几种说法。

过劳死。雍正算得上是我国历史上最勤政的皇帝，他不巡幸，不游猎，日理政事，终年不息。他除了去过河北遵化东陵数次外，十三年里就没有出过北京城。最初，也许是朝政不稳，害怕政敌反扑，后来则是实在抽不出空。

雍正朝现存汉文奏折三万五千多件，满文奏折也有六千多件，多是雍正在夜间亲笔批写，从不假手于人。朱批短的两三字，长的有上千字，不到十三年的时间里，雍正光朱批就写了三四百万字。但在国家治理已见成效的时候，雍正帝也被累死了。

吕四娘复仇说。雍正时期文字狱严重，最为著名的就是石门吕留良一案，全家都被处决，只有一个小女儿，一说是孙女，携母及一仆逃出。她拜师学艺，武艺高强。后来想法乔装打扮混到了皇宫里面，找机会把雍正的头砍了下来，替她家人报了仇。另有一个版本是，她的师父是一僧人，原为雍正剑客，后不乐为其所用，离去后培养了这位女徒。传说中，吕四娘和雍正还有一段剪不断理还乱的情。后来，雍正没有头不能发丧，因此做一个金头，埋在了泰陵。

不过，这个传说与历史有些出入。很多专家认为吕四娘主仆三人的逃出是不可能的，雍正被吕四娘所杀的可能性更不大，因为当时的满门抄斩是非常严格的，雍正处置吕家，戮尸、斩首之外，吕留良孙辈均被发配边远地方为奴。乾隆时，吕家的后代有开面铺、药铺的，有行医的，还有人捐纳监生，但是一旦被清政府发觉后，就会发配黑龙江为奴。所以，吕氏后裔被严格管制，不能自由活动，更不要说报仇了。

死于太监宫女之手。据说，是宫女与太监吴守义、霍成在雍正睡熟时，用绳缢之，使他气绝身亡。

不过这样的说法显然是搬用明朝的故事。明朝嘉靖二十一年，嘉靖皇帝对宫女很暴躁。因为嘉靖吃炼丹药，他有时候脾气暴躁，经常鞭挞宫女。有一个叫杨金英的宫女在夜里趁着嘉靖皇帝睡着的时候，用黄绸子勒嘉靖的脖子。因为她特别紧张，慌乱之中打了一个死结，以为勒死了嘉靖，参与这件事的另外一个宫女害怕了，把这个事情赶紧告诉皇后。皇后急忙跑来，一看嘉靖已经断气了，皇后赶紧命令传御医。御医许绅来了以后，觉得问题很严重，就下了剂猛药来治。经过四个时辰，嘉靖有了一点声音，透了一口气。然后，史书记载说："嘉靖吐紫血数升。"后来又经过一个时期的调理，嘉靖便被救活了，当然杨金英等也被处决了。

将这个故事搬到雍正身上，专家们认为是清朝末年民国初年，出于反清需要编造的一个生动的故事。而且雍正和嘉靖都庙号"世宗"，民间传说，把明世宗事安到清世宗身上也是难免的。

还有一种说法则是因爱生恨的典范。相传《红楼梦》的作者曹雪芹有一个恋人叫竺香玉，不仅长得漂亮，而且能歌善舞，结果被雍正看上了，夺了曹雪芹所爱。于是曹雪芹就通过秘密的办法和竺香玉进行联系，竺香玉虽然身在皇宫，心还想着曹雪芹，于是就找机会谋杀了雍正。

这样的事情自然是野史杜撰出来的，没有任何历史依据。

最后一种说法就是中了丹毒死的。清末民初有人提出："世宗之崩，相传修炼饵丹所致，或出有因。"当代学者杨乃济先生通过中国第一历史档案馆所藏清内务府第一手资料，撰写了《雍

正帝死于丹药中毒旁证》一文，认为雍正是中了丹毒而死的。

雍正年轻时即好佛、崇道。登基后，求仙访道、企求长生的事也没少干。他不仅把道士请进宫内，待以上宾为他炼丹服用，还希望自己住的皇宫能像有名望的佛寺、道观，包括周边环境，制成模型以利仿建。可见他对道家的长生成仙说已经到了几乎痴迷的地步。因此说，雍正中丹毒的可能性还是有的。

据第一历史档案馆《活计档》的记载，雍正不但自己吃丹药，还派人送给他宠信的那些大臣吃。雍正长期吃丹药，可能导致汞、铅、硒重金属中毒，应当说雍正的死与铅中毒和丹中毒有一定的关系。

有史料记载，雍正殡天时"七孔流血"。七孔流血是严重中毒的症状。朝鲜史料记载：雍正晚年贪图女色，病入膏肓，自腰以下不能运用者久矣。朝鲜使者在给本国国王的报告中没有必要去故意捏造、肆意攻击雍正，这条史料当可作为雍正晚年身体亏损的一条辅证。

雍正的死众说纷纭，不过我们可以证明的是，雍正之死的原因是多方面的，单纯将雍正的死归结为被工作"累死"未必全面。民间所传吕四娘复仇、斩雍正之头的说法也没有可靠证据，不是历史事实。

由于清东陵和清西陵大都被盗，当时泰陵地宫也一直认为早被盗过。1980年的时候，国家文物局批准对泰陵地宫进行清理发掘，但在挖掘过程中，考古人员沿着盗洞口下挖了两米之后，发现盗洞只挖了两米，下面是原封土，这证明泰陵地宫并没有被盗过。国家文物局便叫停了这次发掘，并重新把琉璃影壁下的盗口砌死，恢复原状。所以，要想搞明白雍正帝死亡的真相，还有待于进一步的研究发现，也许等真正挖掘泰陵地宫时，真相就会大白于天下。

轩辕黄帝陵在何处？

《史记》记载，轩辕黄帝"生而神灵，弱而能言，幼而徇齐，长而敦敏，成而聪明"。十五岁就被群民拥戴当上部落领袖，三十七岁成为中原部落联盟的首领。轩辕黄帝一生历经五十二战，降服炎帝，诛杀蚩尤，结束了远古战争。由于轩辕黄帝为中华民族创造了丰富灿烂的文化，后世都尊称轩辕黄帝为"文明之祖"、"人文初祖"。黄帝死后，人们选择了"桥山之巅"，将他深深埋

进黄土里，希望"黄帝灵魂升天，精神永远常在"。这就是今天海内外中华儿女拜谒的中华第一陵——黄帝陵。

也许是人们太崇拜黄帝了，全国各地都有黄帝陵，那么真正的黄帝陵在哪里呢？

第一种说法是黄帝陵位于陕西北部今黄陵县境内的桥山之巅。历朝历代政府为了表示尊祖，宣扬礼制，都会去祭祀黄帝；又因为陕西黄帝陵最早有秦始皇祭奠过，于是后来者都到此祭祀。不过很多人并不认同这就是黄帝陵所在地。

《史记·五帝本纪》载："黄帝崩，葬桥山。"自秦统一六国后，历朝历代每岁都在此祭奠，因此黄陵县境内的黄帝陵已经有很多各代遗迹。

陵冢在桥山之巅。桥山有沮水环绕,群山环抱,古柏参天,有大路可通山顶直至陵前。

山顶立有下马石,上有"文武百官到此下马"字样。古代凡祭陵者,均须在此下马。

陵前有一祭亭,亭中立一高大石碑,上书郭沫若题"黄帝陵"三个大字。祭亭后面又有一块石碑,上书"桥山龙驭"四字。

黄帝陵冢在山顶平台的中央,陵冢高三米六,周长四十八米。四周古柏成林,幽静深邃。历代政府对保护黄帝陵古柏都很重视,宋、元、明、清都有保护黄帝陵的指示或通令。

第二种说法是黄帝陵应在今河北省涿鹿县的桥山。桥山在今河北省涿鹿城东南二十公里处,它以山顶上天然形成的一座拱石桥而得名,海拔九百八十一米。黄帝陵即在此处。在桥山附近的一道山梁上,还有一个巨大的四方石桌,传说是祭祀黄帝时在此摆设祭品的。石桌右侧有一峭壁,壁面平整,像一块巨大的石碑,上面布满与象形文字一样的图案。传说这是古人刻石记事而留下来的遗迹,我国古代有许多帝王都到桥山举行祭祀活动。

至于此处为何被作为黄帝陵,很多学者认为是因此处有黄帝遗迹。根据《魏土记》的记载:"下洛城东南四十里有桥山,山下有温泉,泉上有祭堂。雕檐华字被于浦上。"《水经注》《史记·五帝本纪》载,"黄帝与蚩尤战于涿鹿之野";北魏著名地理学家郦道元所著《水经注·谨水篇》载,"黄帝与蚩尤战于涿鹿之野,留其民于涿鹿之阿",也有此处为"桥山"的介绍。

第三种说法是黄帝陵在北京平谷区。黄帝曾在北京附近河北涿鹿一带建都,死后又葬在这里也是有可能的。

明《顺天府志》卷一上记载:"(北京)平谷区东北十五里,

传为轩辕黄帝陵，有轩辕庙。"唐代陈子昂的诗说："北登蓟丘望，求古轩辕台。应龙已不见，牧马空黄埃……"李白亦有"燕山雪花大如席，片片吹落轩辕台"的诗句。南宋爱国丞相文天祥诗曰："我瞻涿鹿郡，古来战蚩尤，轩辕此立极，玉帛朝诸侯。"北京市文物研究所与平谷区文化文物局组织中国社科院、历史博物馆、北京历史研究所等单位的专家学者，到平谷区山东庄村实地考察这个村西的轩辕陵，并确认这座轩辕陵即是中华民族始祖黄帝之陵。

以上三处都是黄帝陵，不过，他们都不是黄帝真正的陵墓，充其量是黄帝的衣冠冢罢了。

据说全国共有黄帝陵七处，甘肃、河南、山东、河北等地都有黄帝陵，哪一个是真的黄帝陵呢？轩辕黄帝陵到底在何处？这同黄帝的其他传说一样还没有答案。

炎帝、黄帝战蚩尤一事是真的吗？

传说上古在黄河流域有个强大的部落联盟，其首领分别为黄帝和炎帝。黄帝姓公孙，名轩辕。他们就是我们中华民族的祖先。与此同时，还有一个叫做蚩尤的部落首领，他长有四只眼睛、三双手，而且还是铜头铁额，吃沙石为生。蚩尤部落与炎黄部落战争不断，最后一战，据《山海经》记载，蚩尤请了掌管刮风和降雨的神仙"风伯"、"雨师"前来助战，掀起了狂风暴雨扑向炎黄联军，同时又作大雾令炎黄联军不辨方向。这时黄帝也请来天上的女神，止住风雨，做指南车以辨别四方，最后擒杀了蚩尤。

不过，这个记载太过于神奇，很难让人分辨其真伪。于是有人说，这黄帝、炎帝、蚩尤是传说中的人物，不可靠，即使有，也可能只是一个部落的名称。有人说"黄帝他们原本就无其人，无其说"，一句话就否定了古代史书的记载。还有人热衷于从远古神话角度把黄帝等描述成非常怪异的形象。

那么炎帝、黄帝、蚩尤等是人还是神？炎黄战蚩尤一事是真的吗？史书记载纷繁复杂，无法说清楚。如果能有考古发掘的遗址来证明就最有说服力了。

1928 年在山东章丘龙山镇城子崖首次发现一处遗址，据考察时间为公元前二十几世纪。而后在山东境内和河南、陕西都发现众多类似的遗存，依据其命名，从首次发现地而来的原则，考古学界将这种文化遗址命名为龙山文化。

后来，龙山文化泛指黄河流域中下游地区相当于新石器时代晚期的文化遗存，也有称为金石并用时代的。龙山文化内涵丰

富，主要分布在山东境内，年代约为公元前 2500—公元前 2000 年；河南龙山文化，年代为公元前 2600—公元前 2000 年；陕西龙山文化，年代为公元前 2300—公元前 2000 年。其共性是以农业经济为主，石器、骨器、陶器等手工业有了一定的发展，在某些遗址发现了铜器，揭开了青铜文化的序幕。

有人认为龙山文化能证明炎帝、黄帝战蚩尤一事。

对于商代以前的社会，缺少文字记载，我们基本上依据的是后人口口相传的言说，没有确证。因此，推断这个时代的事情，首先是依据人类社会的发展规律，也就是看看在传说中炎帝、黄帝所处的历史时期，发生这样事件的可能性有多大。

根据人类学、历史学的研究结论，原始社会早期，不可能发生战争。后来才因为人口剧增，食物剧增，出现了剩余产品，战争就是为了占有大量剩余产品，于是氏族首领就可能利用特权占有多余的产品，产生贫富分化。不同的氏族、不同的部落间也可以通过战争掠夺其他部落的剩余产品，而且战俘在初期是全部杀掉，后来认识到可以强迫战俘劳动，这就是最早的奴隶起源。

龙山文化能否证明那个时期我们的祖先可能爆发过大规模战争呢？考古发掘的事实证明，黄帝所处的龙山文化时期，确实是原始社会开始瓦解、奴隶社会渐渐形成的父系氏族时期，发生部落间的战争是完全有可能的。

黄帝、炎帝是上古的部落首领，为掠夺财富，扩大势力范围，与以蚩尤为首的另一部落发生了冲突，于是灭了蚩尤。史书还记载，黄帝当时对不服从他的部落都实行征伐。后来，因为利益争夺，黄帝与其同族兄弟炎帝也发生了一场大战，最后以炎帝失败而告终。

这种说法比较有道理，至少说明这个传说有一定的可信性。

不过，炎帝、黄帝战蚩尤具体如何，黄帝、蚩尤是什么样的人仍然没有得到明确的解答，依然是个令人迷惑的传说。

秦始皇传国玉玺下落追踪

玉玺是国家权力的象征，其自身也具有无比珍贵的价值。随着朝代的更迭，玉玺也经历了风风雨雨。秦始皇统一中国之后，令玉工孙寿以闻名天下的和氏璧刻制了一枚国玺，以显示其至高无上的权威。玺方四寸，其上盘曲巨龙，李斯手书的"受命于天，既寿永昌"八个形如"龙凤鸟鱼"之状的篆字镌刻其上。

"玺"和"印"在秦汉之前并无尊卑之分。自秦始皇后，玺成为皇帝专用。因为它是用玉刻成的，所以国玺又称玉玺。

本来秦始皇想将玉玺代代相传，没想到秦二世便亡国了。从此，这象征着至高无上权力的玉玺也便成为历代帝王争夺的对象。他们为这块玉玺而钩心斗角，互相厮杀。

在秦朝末期，刘邦进入咸阳，子婴将传国玉玺献给了刘邦。西汉末年，王莽篡权，其弟王舜进宫向其姑母孝元太后逼索传国玉玺。太后一怒之下将玉玺掷到地上，撞破了一角。王莽用纯金把撞去的一角补上。王莽失败后，传国玉玺落入东汉开国皇帝刘秀之手。东汉末年，十常侍作乱。汉少帝夜出北宫，传国玉玺也丢失了。

再后来，孙坚攻入长沙，城南甄官井捞出一宫女尸体，在她项下锦囊中的一个金锁锁着的小匣子内发现了玉玺。玉玺为袁术所夺，袁术兵败身亡后，传国玉玺落入曹操之手。西晋统一后，司马炎得到了玉玺。

西晋灭亡之后，中原混战，玉玺流落到十六国。后来，有人

将传国玉玺献给了东晋皇帝。东晋灭亡后，玉玺被刘裕得到，又在南朝宋、齐、梁、陈中流传。隋文帝灭陈后，获得传国玉玺。隋末，隋炀帝被宇文化及杀死，玉玺落入宇文化及手中。宇文化及兵败后，窦建德得到玉玺。窦兵败后，唐高祖李渊又得到玉玺。至此，玉玺暂时结束了漂泊的生活，在唐传了三百七十年。后来，又先后被后梁皇帝朱温、后唐废帝李从珂获得。后来李从珂带着玉玺登玄武楼自焚了，传国玉玺从此便没了踪影。

随着时间的推移，失踪的玉玺据说又重现人间，先是被元顺帝的后人博硕克图汗得到，后被元太祖成吉思汗的嫡系后裔林丹汗用武力把它从博硕克图汗手中夺了过来。之后又被皇太极用武力夺去。可是，这并不是真正的传国玉玺。因为这枚玉玺上刻的是"制诰之宝"，不过，皇太极为了宣扬"天命所归"，对外仍称获得了传国玉玺，于是改"金"为"清"，建立了大清国。后来清朝统一了天下，就将这个假传国玉玺当成了清朝传国的宝物了。这是关于玉玺下落的第一种说法。

还有传说北宋时咸阳的一位农民耕地时发现上面刻着"受命于天，既寿永昌"八个字的一方玉印。宰相蔡京得知这一消息后，命拿来考证。最后他宣称这就是秦始皇的传国玉玺。此事曾轰动一时。这块玉玺被一位曾在美国侨居多年的国民党军官得到了。"文革"期间，这位军官要在澳门出售这块玉玺，香港的一位爱国人士得知这一消息后，表示愿收购这块玉玺捐赠给祖国。但经专家鉴定后说这方玉玺是赝品。此后也有一些关于玉玺下落的传说，但真实性都值得怀疑。

唯一能肯定的是，秦始皇的传国玉玺肯定尚在人间。因为据专家介绍，用来雕制传国玉玺的和氏璧是玉石中的"柱长石"，能耐一千三百摄氏度的高温，所以一般火焚化不了它。由此说来，说不定哪一天这方传国玉玺会真的重现人间。到那时，关于玉玺下落的谜团就会解开了。

汉武帝最昂贵的艳遇

汉武帝刘彻自诩风流倜傥，是西汉王朝在位时间最长的君主。他的一次艳遇曾给大汉帝国带来了不小的灾难。这次艳遇的女主角就是李夫人。

李夫人是个奇女子，她不仅生得花容月貌，婀娜多姿，而且精通音律，擅长歌舞，只是家道中落，自己也不幸沦落风尘，成为青楼女子。她的兄弟也不简单，也许是家族基因的缘故，她的哥哥李延年也是一位音乐奇才，能填词也能编舞。但是李延年在年轻时因犯法而被处刑，然后被遣送到宫里管护犬只。

　　汉武帝有三样爱好，权力、女人以及歌舞。李延年的音乐歌舞天赋很快被汉武帝发现，被封为乐府协律都尉，做宫廷音律侍奉。一天，他利用给汉武帝唱歌的机会，唱出了他自己创作的一代名曲《佳人曲》：北方有佳人，绝世而独立；一顾倾人城，再顾倾人国；宁不知倾城与倾国，佳人难再得。

　　曲子的旋律让汉武帝听得如痴如醉，曲子的内容更是让汉武帝心驰神往。果真有如此美貌的佳人吗？他的姐姐平阳公主悄悄说："延年的妹妹貌美惊人！"武帝连忙召李氏进宫，李氏体态轻盈，貌若天仙，肌肤洁白如玉，而且同其兄长一样也善歌舞。就这样，李氏很快得到汉武帝宠信，开始了她的宫廷生活。

　　自古红颜多薄命。李夫人本来体质就弱，加上产后失调，在病榻之上日渐憔悴。汉武帝倒也痴情，一心惦记着李夫人，对包括卫皇后在内的其他嫔妃毫无兴趣。

　　李夫人是个聪明的女子，她深知自己是以色侍人，色衰恩少，因此在病榻上一直拒绝见汉武帝，就是要留给汉武帝一个美好的印象。汉武帝无可奈何，每次都是十分不悦地离开。不久，李夫人就离开了人世。

　　一代红颜殒命，这次艳遇似乎就到此为止了，但是真正的麻烦才开始。由于汉武帝对李夫人念念不忘，加上爱屋及乌，所以便根据李夫人的临终嘱托，用高官厚禄照顾她的兄弟们，使他们富贵起来。仿佛这样做就等于偿付了所欠下的李夫人的情债，使失落的内心得到平衡，从而求得安慰，以减轻思念李夫人的痛苦。于是，任命李氏的大哥李延年为协律都尉，二哥李广利为将军。

　　汉朝的祖制，无功不得封侯。汉武帝命李广利为将军，就是好让他有机会带兵出征，如果立下战功，就可以封侯，然后李家子孙就可世世代代富贵下去。为了使李家积累战功，汉武帝多次

给李广利立功的机会。

第一次就是出征西域的大宛。一路上，数万士兵战死的战死，饿死的饿死，到达大宛时，士卒仅剩下数千人，而且一个个面黄肌瘦。这种情况下本不适合立即开战，但李广利急于立功，当即下令军队攻城。

对方防守严密，汉军自然伤亡甚众，首战挫败。后来，李广利考虑到郁成城尚且攻不下来，自然不能攻破大宛的王都。加之士卒越来越少，既无兵员的补充，又无粮草的接济，便决定撤军。结果部队回到敦煌，往来时间共两年，所剩下的士卒才及出发时数万的十分之一二。汉武帝大怒，派出使者把守在玉门关，传令道："军队有敢入关的，斩首。"李广利闻令恐惧，不敢入玉门关，只得驻扎在敦煌。

于是第一次远征大宛，李广利就这样以惨败告终。

这一次的失败没有让汉武帝清醒，一段时间后，汉武帝又想起了自己对李夫人的承诺，他认为自己作为帝君一定要兑现对爱人的承诺。于是，第二次任命李广利远征大宛。鉴于上次征战大宛的惨败，李广利这次作了周密的部署。在六万大军面前，大宛决定两国订盟，相约结为友好国家。第二次远征，李广利算是赢了，回到长安，汉武帝特别高兴，大宴群臣，封李广利为海西侯，总算兑现了自己对李夫人的承诺。

征和三年，匈奴再次大军入侵，掠杀边民，领兵的都尉（一郡的军事长官）都战死了。汉武帝命李广利出击匈奴，李广利的灾难真正开始了。面对强大的匈奴军队，李广利遭到惨败，无心再战的他竟然投降了匈奴。可怜七万大汉军队也就这样全部葬送在李广利的手中。三次征战匈奴，在李广利手中折损的大汉军队不下十万。

汉武帝为了兑现他对一个女人的承诺，把十万人的生命作为礼物，这艳遇的代价也太大了。

王姑、栗姬争宠玩心计

王姑和栗姬都是西汉景帝刘启的妃子，但两人的地位却有很大不同，栗姬貌美如花，是汉景帝身边最爱的宠妃，地位要比王姑高得多。景帝爱屋及乌，对栗姬的儿子刘荣更是宠爱有加，还立为太子。而王姑不过是一个过气的美人，其子刘彘（刘彻）当时仅是个胶东王。然而就是这样一个处于劣势的王姑，竟然一步步登上了皇后的宝座，并让其子取代太子刘荣最终成为皇帝。

王姑是名门之后，最初嫁给金王孙为妻，后来被生母送进了太子宫。不久，王姑就得到了太子刘启的宠爱，被封为汉宫"王美人"。王美人入宫后给刘启生下四个孩子：平阳公主、南宫公主和隆虑公主，而龙胎就是后来威名远播的汉武帝刘彻。刘彻生于长安未央宫的猗兰殿，初名刘彘。刘彘从小聪明过人，很讨景帝的欢心。

当时景帝的皇后薄氏没有儿子，栗姬生的大儿子刘荣就被立为太子，刘彻则被封为胶东王。

原本，王美人在太子宫中过着衣食无忧的日子，倒也惬意。但是，当景帝登基，复杂的后宫生活让她的心态发生了变化，她开始有了新的想法。

王美人很是懂得谦卑之道。从生了刘彘之后，更加谦恭温顺，广结善缘，处处小心谨慎，从不把内心的得意写在脸上。这与天生丽质，但心骄气傲、心胸过于狭窄的栗姬形成了鲜明的对比。在争权夺利、钩心斗角的复杂后宫之中，栗姬难免遭人嫉恨。而王美人则积累了不少好名声。

景帝登基第二年的秋天，匈奴遣使和亲，景帝只好与嫔妃们商议，从自己的女儿中选出一位嫁到匈奴和亲。嫔妃们自然舍不得自己的女儿远嫁到偏远的大漠，只有王美人表示愿意让自己所生的南宫公主与隆虑公主前去和亲。王美人的深明大义赢得了景帝的尊重。

馆陶长公主是窦太后的爱女，在当时的大汉政坛上是个举足轻重、相当有分量的人物。本来长公主想把自己的女儿陈阿娇许给太子刘荣，派人向刘荣的母亲栗姬提亲。结果，窦太后宠爱长公主早就让栗姬嫉妒眼红，于是栗姬一口回绝了这门亲事。长公主遂与栗姬结下冤仇，心存报复之念。

聪明的王美人见此情景，知道自己的机会来了，于是她趁长公主向栗姬求亲未果恼羞成怒之际主动示好，很快赢得长公主的好感。精于世故的王美人自然不会放弃这个机会，年幼的刘彘一句"若娶阿娇，当以金屋储之"，更让王姞和长公主的关系紧密了。于是，长公主就把自己的女儿嫁给了王姞的儿子刘彘。"金屋藏娇"的故事不仅是一段青梅竹马的爱恋，更是一个政治联盟的开始。这样，王美人既替馆陶长公主挽回了面子，又替自己的儿子找到了一个政治靠山。

后来，长公主经常向景帝进谗，诬陷栗姬，说栗姬崇信邪术，没有容人之量，日夜诅咒其他妃嫔，景帝听后对栗姬厌恶起来。一天，景帝对栗姬说："我百年后，后宫诸妃皆已生子，你应善待她们，千万别忘记了。"谁知栗姬脸有怒色，不发一言。待了多时，仍然无语。景帝不禁暗中叹气，对栗姬很是失望。

与此同时，长公主不时在与景帝闲聊时夸奖刘彻如何聪慧仁孝，若立为太子必能继承大统。这让本就喜爱刘彻的景帝很是动了心，就差下定决心了。王美人知道景帝这时候正在生栗姬的气，于是暗地里派人指示大行（礼官）上奏景帝说："子以母贵，母以子贵，今太子母无号，宜立为皇后。"气头上的景帝被这不合时宜的话一激，不但诛杀了大行，而且废太子刘荣为临江王。从此，栗姬彻底失宠，被贬入冷宫，不久因怨愤一病而亡。

得宠的王姞顺理成章被立为皇后，她的儿子刘彻被立为太子，兄长王信被封为盖侯。自此，这场双方实力悬殊的后宫争斗以强者栗姬母子的败亡、弱者王姞的胜利而告终。

《洛神赋》中的神秘女子究竟是谁？

曹植有一篇著名的《洛神赋》。在文中，曹植借飘忽的梦境，活生生地把他的梦中情人幻化出来，写成一篇千古不朽的文学作品。后来，著名画家顾恺之依据《洛神赋》，画了流传千古的名画《洛神赋图》。这"洛神"到底是谁呢？有人说就是他的嫂子甄氏，这是真的吗？

曹植，字子建，他是曹操的夫人卞氏所生的第三个儿子，与曹丕为同母兄弟。曹植自幼聪颖过人，十岁的时候便能出口成诗，著名的"七步诗"就是他的代表作。曹植很受曹操的宠爱，曹操几次都想要立他为太子，但是最终曹植还是在同长兄的争斗中失败。

据史料记载：甄氏是巾山无极人，上蔡令甄逸的女儿。建安年间，她嫁给袁绍的儿子袁熙。东汉献帝七年，官渡之战，袁绍兵败病死。曹操乘机出兵，甄氏成了曹军的俘虏，曹丕见到甄氏后，惊叹于甄氏的美貌。经过曹操的首肯，曹丕娶甄氏为妻。

一种观点认为，曹植《洛神赋》中的"洛神"，指的是自己的嫂嫂甄氏。

早在官渡之战时，曹植就曾在洛河神祠偶遇藏身于此的袁绍儿媳甄氏，曹植怜香惜玉，将自己的白马送给了甄氏，助她逃返邺城，甄氏则以玉佩回赠给了曹植以示感谢。两人再次相见，都觉得命运注定。于是，曹植与甄氏朝夕相处，感情迅速发展，到了难舍难分的地步。

然而世事弄人，曹丕先下手为强，甄氏成了曹丕的侍妾。不过，对于甄氏和曹植错综复杂的关系，曹丕似乎心知肚明，因此在魏国建立后，曹丕仅封她为妃，甄氏也始终未能得到母仪天下的皇后地位。甄妃此时已经年逾四旬，而曹丕正值三十四岁的鼎盛年纪，后宫佳丽众多，甄妃逐渐因色衰而失宠，在曹丕登基后第二年就郁郁而死。

甄氏死后，曹植到洛阳朝见哥哥。饭后，曹丕将甄氏的遗物玉镂金带枕送给了曹植。在返回封地时，曹植手抱枕头，夜宿舟

中，恍惚间，遥见甄妃凌波御风而来，曹植惊醒，原来是南柯一梦。

后来，回到鄄城，曹植脑海里还在翻腾着与甄氏洛水相遇的情景，于是文思激荡，写了一篇《感甄赋》。这篇文学作品被到处传抄，几乎到了家喻户晓的地步。有趣的是，曹丕对此似乎不曾追究。四年以后，明帝曹叡继位，因觉原赋名字不雅，遂改为《洛神赋》。

另外一种观点认为，"洛神"并不是指甄氏，曹植和甄氏也没有发生过恋情。这就解释了为什么曹丕没有追究的原因。

首先，中国传统社会中，人们很看重各种伦理。图谋兄妻，这是"禽兽之恶行"，曹植断断不会如此光明正大思慕长嫂。如果《感甄赋》真是为甄氏而作，即使真的是曹植色胆包天，曹丕也断然不能容忍这样的文章到处流传。

其实《洛神赋》也不过是由于曹植备受兄侄猜忌，建功立业的理想始终无法实现，借《洛神赋》中"人神道殊"来表明自己壮志难酬、报国无门的悲愤心情。

其次，《感甄赋》中的"甄"并不是甄氏之"甄"，而是鄄城之"鄄"。"鄄"与"甄"通，因此应当是"感鄄"。在写这篇赋的前一年，曹植任鄄城王。在《文选考异》中，胡克家认为这是世传小说《感甄赋》与曹植身世的混淆，作品实是曹植"托词宓妃，移寄心文帝"而做，"其亦屈子之志也"，"纯是爱君恋阙之词"，也就是说赋中所说的"长寄心于君王"。朱干在《乐府正义》中指出，"感甄"之说确有，所感者并不是甄妃，而是曹植的被贬地鄄城。

再次，文帝曹丕向曹植展示甄妃之枕，并把此枕赐给曹植一说，极不合情理。既然曹丕没有将玉枕赠给曹植，那么就不会有曹植睹物生情，而为甄氏作《感甄赋》了。

曹植向来行为比较随意，他是否真的爱上了与自己有较多相同爱好的嫂嫂，曹植所描述的"洛神"，是不是自己嫂嫂的化身，这些疑问还有待于进一步考证。

第二章　后宫的悬案故事

吕后与戚夫人争斗的真相是什么？

　　吕后是刘邦的正妻，名雉，字娥姁。未娶吕后之前的刘邦生性顽劣，唯有吕雉的父亲看出刘邦相貌不俗，有将王之相，将来必成大器，于是将已经二十五岁的吕雉嫁给刘邦。当时的乡亲们都嘲笑吕雉的父亲嫁女行为很愚蠢，但是等刘邦后来做了皇帝，村人才知道吕父的眼光是如何厉害。结发妻子吕雉给刘邦生了一儿一女，除了惠帝刘盈，还有鲁元公主。

　　刘邦登基为帝，吕后就是正宫皇后，在中国众多的皇后中，吕后算是心毒手狠、极有心计的一个女人。吕雉好争风吃醋，在当了皇后以后做了许多狠毒的事情，其中"人彘"的事件，成就了她在中国历史上最毒"毒妇"的骂名。而"人彘"的主角就是戚夫人。

　　戚夫人是刘邦在与项羽争夺江山期间得到的宠妃。吕雉嫁给刘邦时已属于"大龄"，而戚夫人则是以十八岁嫁入刘家，加上戚夫人是中国历史上有名的美女之一，年龄上、容貌上的差距让吕雉觉得自己年老色衰敌不过戚夫人。于是，两人分别当了刘邦的皇后和宠妃后，就开始明争暗斗起来。

　　最初戚夫人占上风。戚夫人漂亮，善歌舞，很受刘邦宠爱。

每次外出刘邦都由戚夫人陪侍，而把吕后丢在后宫。渐渐地，刘邦与吕后之间的情感就疏远起来。

在立太子事件上，刘邦本来已定下吕后生的儿子刘盈为太子，戚夫人却希望让自己十岁的儿子如意继位。刘邦也很喜欢如意，认为如意聪明，有自己年轻时候的样子，而刘盈性格不像自己。但是此时，刘邦已经年老，尽管一心想要立如意为太子，但是心有余而力不足了。加之吕后的手段了得，太子刘盈的势力已形成。年幼的如意被迫离开京城到三千里外的封地为王。

汉高祖刘邦一死，刘盈继位，史称惠帝。贵为太后的吕雉"恶毒妇人心"显露了出来。她要做的第一件事情是把"情敌"戚夫人罚为奴隶，用钳子把她的一头秀发统统拔光。罚她去舂米劳动，限每天要舂一石，如果少半升则要打她一百棍。

据《汉书》记载，自知命运不济的戚夫人悲从心中来："子为王，母为虏，终日舂，薄暮常与死相伍，相隔三千里，谁当使告汝？"

据说，吕后闻讯，认为如意留着终是祸端，于是把戚夫人的儿子如意诱进京城，暗地把他毒死了。不仅如此，吕雉最后用"人彘"之刑把戚夫人活活给弄死了。

后来刘盈在一间厕所里见到一具残缺不全、惨不忍睹的肢体，便问太监这是什么，一听是戚夫人，他差点被吓晕了。原来，吕雉对戚夫人下了毒手，施了酷刑后，又给她硬灌了药，让她听不见，不能语，半死不活地扔到了厕所里。

武则天的男宠之谜

武则天是中国历史上第一个也是最后一个女皇。她开创了一个空前绝后的女人时代。她君临天下，威仪万方，杀戮、告密、酷吏曾是那个王朝的标志；她聪颖多情，雍容典雅，爱人、情人、男宠曾是她一生的记忆。而对权力的执著欲望贯穿了武则天的一生。她先是肆意诛杀李唐宗亲，接着又用严刑峻法排除异己，到后来几废几立儿皇帝，其目的都是为了维护她唯我独尊的权力。她的一生充满了传奇色彩，也饱受争议。然而，似乎她并不害怕议论，死后一尊无字碑，其气度恐怕亘古男儿无一能比。

武则天手执大权，统领万民，然而，一旦摘下帝王的桂冠，她也不过是一个正常的女人，有着一个正常女人的需求，甚至远远超出了一个正常女人所能承受的需求。

武则天拥有不少绝色男宠，和尚、士大夫，她的爱似乎没有什么身份限制和要求，唯一的要求就是博得她的欢心，能够让她享受到做女人的极致快乐。

薛怀义、沈南蓼、张易之、张昌宗这几位就是武则天男宠中最著名的。如同任何一位皇帝拥有三宫六院七十二妃一样，武则天这位女皇也大设男宠侍寝。

武则天十四岁入宫，进宫一年多之后，终于被召入掖庭宫，受唐太宗初次宠幸，被太宗赐名叫武媚。可见，当时的武媚娘是何等的千娇百媚，含苞待放，情窦初开，渴望皇帝的宠爱。然而，在太宗身边十多年，她仅是个"才人"，与一个侍女的作用差不多。

在宫中度过了整整十二个年头，她由一个初涉世事的少女逐渐成熟起来。

此时另一个男人闯进了武媚娘的心，那就是太子李治。李世民病重，李治做太子，常常来宫内侍奉病榻上的父皇太宗，有机会见到了仅比他年长四岁的武则天。媚娘的美让李治心神动荡，李治的年轻也让媚娘渴望，于是两人目光交错时，武媚羞涩地转过脸。从此，二人便开始私下往来。这样，武则天作为皇帝的贴身侍女，偷偷地同这对父子一明一暗交往起来。

唐太宗死后，武则天入寺为尼，李治却对她一直未能忘怀。永徽元年（650年），在太宗周年忌日时，李治以行香祈福为名去了感业寺，实则去见住在那里的武媚娘。武则天乍见高宗，不由得泪如雨下，她向高宗诉说心中的思念，高宗李治也同样感慨万分。但是，身为帝王的李治还没有合适的理由把武则天接回皇宫，只得仍旧让她在感业寺中暂住。

高宗与武则天暗中通情的事，早就传到了宫中。中宫王皇后此时正和萧淑妃争宠而闹得不可开交。有人建言，王皇后可以拉拢武媚娘一起对付萧淑妃。因此,王皇后不再向皇帝撒泼使野,而是怂恿高宗把武则天纳入宫中。

武则天是个聪明人,她明白王皇后的意思,因此重回宫中后,便极力讨好王皇后,对皇后是卑躬屈膝,毕恭毕敬。为此,王皇后自以为自己的计谋得逞,还不断在高宗面前夸奖媚娘。这样一来,高宗越发觉得武则天可爱。然而,让王皇后想不到的是,她引来的不是帮手,而是杀手。

不久,武则天生了一个女儿。她利用王皇后按礼制规定探视新生婴儿之机,亲手闷死了自己的女儿,嫁祸于王皇后。对此飞来的横祸,王皇后纵使浑身是嘴,也无法说清楚。人证物证俱在,王皇后百口莫辩。永徽六年(655年)十月,高宗下诏废王皇后,册立武则天。武则天则以她的美貌与才智,如愿以偿地入主中宫。不久,她就将已被打入冷宫的王皇后和萧淑妃害死。对于那些反对她为后的大臣,她大肆报复,终于让朝中人人自危,反对之声小了很多。武则天终于实现了由尼姑到皇后的转变。

天授元年(690年),武则天正式登基,改国号为周,成为名副其实的女皇帝。在武则天统治初期,任用酷吏的做法使武则天迅速稳定了统治,但随着政局的稳定,酷吏也慢慢退出了历史舞台。而又有一股新的势力兴起了,那就是男宠。在武则天晚年,一批男宠慢慢走进她的生活。

薛怀义是武则天的第一个男宠,此时是高宗过世两年后,武则天六十一岁。薛怀义本是走街串巷的街头小混混,却一跃成为武则天的第一个男宠。

薛怀义,原名冯小宝,鄂(今陕西省零县)人,因闯荡江湖练就了健壮的身体,粗犷中不失几分英俊,而且能说会道。冯小宝本是武则天干女儿千金公主家的侍女的情人。这个侍女常把冯小宝引到公主府去相会，一次竟然被公主发现了。公主本来很生气，结果一看冯小宝生得伟岸，一表人才，立马决定将他作为礼物送给寡居的母亲。这一年冯小宝刚过三十岁，深得武则天的宠爱。

尽管武则天胆大、自信，但她终究不敢像男皇帝那样，设妃子、嫔妇。为了能让冯小宝合乎情理地往来后宫，武则天接受公主计策，把冯小宝变为僧人，将洛阳的白马寺修饰一下，让他出任住持；又将他改名为怀义，赐给薛姓。

凭借皇帝的宠爱，薛怀义为所欲为，不仅不把朝廷官员放在眼里，还公私不分，群臣怨声载道。后来，御医沈南蓼成为武则天的第二男宠，薛怀义受到冷落，这使他妒火难忍，一把火烧掉了自己督造的耗资巨大、象征天子身份的明堂。大臣们纷纷要求严惩薛怀义，武则天指使人将其暗杀。此时，薛怀义已经享有十年的荣宠。

薛怀义死后，已过中年的沈南蓼温和有加，却身心虚弱，满足不了武则天生理上的需求。美貌少年张昌宗此时走进了武则天的眼中。张昌宗是太平公主送给母亲的礼物。他聪明伶俐，通晓音律，当场献上一曲，然后与武则天相拥入内室。侍寝一宿，武则天非常满意，当夜封张昌宗为"飞旗将军"。

半月后，张昌宗向武则天推荐了自己的哥哥张易之。张易之善制春药，服之使人返老还童，而侍寝更有经验。武则天赶紧将张易之召来。果然，张易之干练精悍，才貌双全，比张昌宗还要迷人。后来，张易之被封为"恒国公"，在王宫里号称"五郎"；张宗昌被封为"邺国公"，在王宫里号称"六郎"。张氏兄弟成为武则天的"宠妃"。

张易之和张昌宗兄弟就是武则天的第三大男宠。此时是万岁

通天二年（697年），武则天已经是七十三岁高龄了。张氏兄弟每天同入宫中侍奉武氏，随武皇早朝，待女皇听政完毕，就在后宫陪侍女皇。二人先被任命为中郎将和少卿，此后屡屡加官。这两兄弟年少，长得很白，武则天也不敢把他们公开弄到宫中，就让他们到宫里头写书。她宠了张易之和张昌宗八年，这两个人一直陪她走到最后，成为武则天晚年最信任的人。

神龙元年（705年），武则天病重，大臣崔玄、张柬之等起羽林兵发动复辟唐朝的政变，迎中宗李显复位，张氏两兄弟也被杀死在"迎仙院"中。

据《旧唐书》记载："天后令选美少年为左右供奉。"武则天还有第四大男宠，就是天下美少年和大臣。武则天曾想仿效男性皇帝的三宫六院，有名的就有柳良宾、侯祥、僧惠范等多人。

作为中国历史上空前绝后的女皇，武则天对男人的享受几乎到了登峰造极的地步。圣历二年（699 年），武则天有意使自己的特权制度化，她曾设立了一个颇似"后宫"的控鹤府，张易之做长官，官员大多是女皇的男宠及轻薄文人。府内的官员最重要的职能是向女皇提供"男性温存"。

这么多男人拜倒在她的脚下，心甘情愿地充当奴才，可见，绝对的权力造就绝对的享受，皇帝从来都是最贪婪的享受者，女皇武则天也拥有与历史上众多的男性皇帝一样多的后宫大军。

武则天立无字碑的真实原因是什么？

武则天给自己立了一块无字碑，是胸怀宽广还是故意作秀？像她这样的历史风流人物，为什么不大大地歌功颂德、名垂千古呢？关于这个谜底，众说纷纭，莫衷一是，但总结起来主要有三种说法。

一说为功德无量。武则天为什么立下无字碑呢？因为，她认为自己功德无量，不能用文字来表述。

诚然，武则天的确有治国才能，她是公认的我国历史上唯一的、杰出的女皇帝。从公元 655 年武则天开始做皇后起，她便参与和掌握大权达五十年之久。仅从唐高宗驾崩算起，也有二十一年。在她统治大唐期间，奖励农桑、兴修水利、减轻赋役和整顿均田制，使社会经济继续向前发展，人口数量不断增长；扶植新兴地主阶级，打击豪门世族；她还发展科举制度，吸收大量新兴地主阶级进入政治舞台，从而解决了以前困扰历代统治者的豪门专权问题；不仅如此，在武则天统治初期，知人善任，鼓励各级官吏举荐人才，虚心纳谏；这一时期，国防巩固，边境安宁。总之，武则天是一个富有政治才干和理想的人，在她统治下的百姓安居乐业，不仅巩固和发展了"贞观之治"，而且为"开元之治"奠定了基础，对唐朝经济的发展起了一个承前启后的作用，她的功绩的确难用文字表达。

一说自知之明。武则天立无字碑是有自知之明，"是非功过"留待后人评说，彰显了她的大度和开阔。

武则天认为自己的一生无需自己说什么，有好的一面，也有不好的一面，都留待后人评说是为上策。

在她统治期间，唐太宗"贞观之治"以来的经济仍在继续发展。面对错综复杂的政治局面，她力挽狂澜，显示出了非凡的政治天赋。

然而，她为了巩固自己的地位，任用"酷吏"，培养党羽，消灭异己，扶植亲信，实行告密和监刑的恐怖政策，甚至还杀死自己的二子一女，尤其在她统治晚期，政治日益腐败，武氏集团成为国家新的特权贵族。

她丢失了安西四镇，丧权辱国，缩小了国家版图。她养男宠，生活荒淫无度。她魅惑君王窃皇位。女人做皇帝，这违反封建礼乐常伦，所以她死后将权力交出给了中宗。深处这种封建思想的氛围中，武则天也知道自己篡权夺位罪孽重大，碑文的褒贬对她来说，都是难事，所以她干脆决定立"无字碑"，是非功过任由后人评说吧。

一说"左右为难说"。武则天死后，要与唐高宗合葬，无论称呼自己是皇帝还是皇后，都很难落笔。唐中宗李显也觉得如果褒扬武则天，碑文刻上"大周天册金轮圣神皇帝"，作为李唐子孙感情上是很难接受的；如果贬低而刻上"则天大圣皇后"，则是对母亲的不尊重，也是对历史的不尊重。干脆"一字不名"让后人评说吧，自己也不愿冒篡改历史的罪名。

武则天立"无字碑"为后世出了难解之谜，让世人为之猜测揣摩。有碑无文，不如说无文胜有文，成为趣谈。一千多年来，至今依然难明其中真相。

树碑立传是自古以来就有的惯例，武则天却是其中的一个例外。武则天的一生是一个传奇，她打破了男尊女卑的千古礼数，打碎封建时代的桎梏，坐上了皇帝宝座。关于她的种种传奇故事，无论是正史，还是稗官野史，或是民间文学和市井杂谈，都广泛记载和流传。她生前治国安邦，唯我独尊，创造了中国历史上很多的第一，现在人们已经给她的一些功绩以很高的评价。但令人捉摸不透的是，作为中国历史上第一位也是唯一的一位女皇帝武则天，在死后所竖的碑上却一个字都没有，这给世人留下了一个千古未解的"无字碑"之谜。

慈禧太后墓中珍宝之谜

慈禧太后生前奢华度日，死后的陪葬也十分气派。据说当年军阀打开慈禧墓时，财富多得搬了好几次。那么慈禧太后墓中到底有多少珍宝呢？

在清内务府的《孝钦后入殓、送衣版、赏遗念衣服》册中，对慈禧太后生前地宫殉葬物品明记在案，无一不是价值连城的宝物。慈禧太后墓中的珍宝有着详细的记载：

光绪五年三月二十五日（1879 年 4 月 16 日）在地宫安放了金花扁镯一对，绿玉福寿三多佩一件，上拴红碧瑶豆三件。

光绪十二年三月二日（1886 年 4 月 5 日）在地宫中安放红碧瑶镶子母绿别子一件，红黄碧瑶葫芦一件，东珠一颗，正珠一颗，红碧瑶长寿佩一件，正珠二颗。

光绪十六年二月二十九日（1890 年 3 月 19 日）在地宫安放正珠手串一盘，红碧瑶佛头塔，绿玉双喜背云茄珠坠角，珊瑚宝盖、玉珊瑚杵各一件，绿玉结小正珠四颗。黄碧瑶葡萄鼠佩一件，上拴红碧瑶豆一件。红碧瑶葫芦蝠佩一件，上拴绿玉玩器一件。绿玉佛手别子一件，上拴红碧瑶玩器一件。红碧瑶双喜佩一件，上拴绿玉一件。

光绪二十八年三月十日（1902 年 4 月 17 日）在地宫安放白玉灵芝天然小如意一柄，白玉透雕凤龙天干地支转心璧佩一件，红碧瑶一件。

　　光绪三十四年十月十二日（1908 年 11 月 5 日）在地宫安放金镶万寿执壶二件，共重一百九十七两七钱一分，上镶正珠四十颗，盖上镶正珠六十颗，米珠璎珞一千零六十八颗，真石坠角。金镶珠石无疆执壶一件，共重九十一两六钱，上镶小红宝石十二件，底上镶小东珠二十颗，盖上镶碎东珠二百零四颗，米珠璎珞五百三十四颗，真石坠角。金镶珠石无疆执壶一件，共重九十三两七钱，上镶小宝石十六件，底上镶小东珠二十颗，盖上镶小东珠二百零四颗，米珠璎珞五百三十四颗，真石坠角。金镶真石玉杯金盘二份，每盘上镶东珠二颗，共重六十六两五钱五分。金镶珠杯盘二份，每盘上镶东珠八颗，杯耳上镶东珠二颗，共重六十八两三钱二分。雕通如意一对。

光绪三十四年十月十五日（1908 年 11 月 8 日）在地宫中安放金佛一尊，镶嵌大小正珠、东珠六十一颗。小正珠数珠一盘，共二百零八颗。玉佛一尊。玉寿星一尊。正珠念珠一盘，计珠二百零八颗，珊瑚佛头塔，绿玉福寿三多背云，佛手双坠角上拴绿玉莲蓬一件，珊瑚古钱八件，正珠二十二颗。正珠念珠一盘，计珠二百零八颗，红碧瑶佛头塔、镀金点翠，镶大正珠，背云茄珠，大坠角珊瑚纪念蓝宝石，小坠角上穿青石杵一件，小正珠四颗，镀金宝盖，小金结六件。正珠念珠一盘，珊瑚佛头塔，背云烧红石金，纪念三挂，蓝宝石小坠角三件，加间小正珠三颗，珊瑚玩器三件，碧玉杵一件。雕珊瑚圆寿字念珠一盘，计珠一百零八颗。雕绿玉圆寿字佛头塔，荷莲背云，红碧瑶瓜瓞大坠角上拴白玉八宝一份，珊瑚豆十九个。珊瑚念珠一盘，碧玉佛头塔，背云红色，纪念三挂，红宝石小坠角三件，催生石玩器三件。

慈禧太后死后，随之入殓的物品更多、更珍贵，内廷大总管李莲英的嗣长子李成武是慈禧太后的贴身侍卫，熟知内情，在《爱月轩笔记》中详细记着：

"太后未入棺时，先在棺底铺金丝所制、镶珠宝之锦褥一层，厚约七寸。褥上覆绣花丝褥一层，褥上又铺珠一层，珠上又覆绣佛串珠之薄褥。一头前置翠荷叶，脚下置一碧玺莲花。放好，始将太后抬入。后置两足登莲花上，头顶荷叶，身着金丝串珠彩绣礼服，外罩绣花串珠挂，又用串珠九练围后身而绕之，并以蚌佛十八尊置于后之臂上。以上所置之宝系私人孝敬，不列公账。众人置后，方将陀罗经被盖后身。后头戴珠冠，其旁又置金佛、翠佛、玉佛等一百零八尊。后足左右各置西瓜一枚，甜瓜二枚，桃、李、杏等宝物共大小二百件。后身左旁置玉藕一支，上有荷叶、莲花等；身之右旁置珊瑚树一枝。其空处，则遍洒珠石等物，填满后，上盖网被一个。正欲上子盖时，大公主来。复将网被掀开，于盒中取出玉制八骏马一件，十八玉罗汉一份，置于后之手旁，方上子盖。至此殓礼已毕。"

第三章　治国名臣的悬案故事

王安石与苏东坡的关系探秘

王安石是苏东坡的学生，二人又同朝为官，政见不同，常有争执，然而私下两人则是至交好友。似争似和，若即若离，让后世开始猜疑这对师生的关系究竟是好是坏。

政治立场上，王安石和苏东坡在对立中共存。

北宋神宗在位时，王安石推行新法，这引起了新旧党派的明争暗斗。苏东坡与王安石恰在此上持相反观点。苏东坡最初是反对王安石变科举，后来又反对王安石变法，因此被贬。被贬之后，他还写了不少政治诗来讽刺王安石的新政。

可是到了后来，司马光当政，王安石失势，新法要被废除之际，苏东坡提出"去其糟粕，取其精华"，为了维护新法又被一贬再贬，流落岭南。

对于王安石，苏东坡到底是"对立"的，还是"持平"的？难以说清。

有人说，苏轼对待王安石，"不在法而在人"。苏轼有一首题为《山村》的诗，其中有两句："岂是闻韶解忘味，迩来三月食无盐。"意思是说，由于王安石的"均输法"，食盐买卖由国家统一经营，山村之民，由于供应不上，吃不上盐了。这是在讽刺

王安石的新法。王安石去世后，苏轼替哲宗小皇帝撰写了一首《王安石赠太傅》的"制词"，南宋初年的郎晔说："此虽褒词，然其言皆有微意。"苏轼又作有《吕惠卿责授建宁军节度副使》的"制词"，其中除两句以外，"都是把王安石包括在内加以指斥的"，二人之间的政治对立似乎并未消除。

又有人说，苏东坡不是趋炎附势之人。他是从政治角度出发，而不是个人之间的恩怨。这就导致了他在王安石与司马光之间两头不得好的事实。

私交上，王安石和苏东坡是志同道合之人。

政治上的对立似乎没有影响到二人的私交。苏东坡曾途经金陵，与赋闲在家的王安石相会，共同游历了一些江山美景。据《曲洧旧闻》载：

"东坡自黄徙汝，过金陵，荆公野服乘驴谒于舟次。东坡不冠而迎揖曰：'轼今日敢以野服见大丞相！'荆公笑曰：'礼岂为我辈设哉！'东坡曰：'轼亦自知，相公门下用轼不着。'荆公无语，乃相招游蒋山。"《宋史》也有类似的记载，二人一见，谈笑风生，乐而忘返。以至东坡之后有"从公已觉十年迟"的慨叹。

在文学与学术关系上，苏东坡有些轻视王安石。

王安石《字说》谓"坡者，土之皮也"，苏以"滑者，水之骨也"来回应王安石咏菊诗"昨夜西风过园林，吹落黄花遍地金"。苏轼见了说"老夫糊涂"，又加了两句："秋花不比春花落，说与诗人仔细吟。"从中可以看出，王安石、苏东坡关系的微妙复杂，也许真正的知己相交就是如此吧。

秦桧是金人故意放回的奸细吗？

1126年，金兵攻下北宋都城汴京，并俘虏了徽宗、钦宗二帝。

第二年二月，金人欲立张邦昌为傀儡皇帝。秦桧时任御史中丞，极力反对张邦昌的伪立，引起金人不满，遂被拘押。之后，徽、钦二帝被俘北去，秦桧、孙傅、张叔夜、何栗等人也一同被押至燕山府。但是，四年之后，秦桧却突然从楚州回到南宋，自称是杀了监视自己的金兵而乘舟逃回。

秦桧的说辞引发了许多猜疑。其一，秦桧与何栗、张叔夜等人一同被拘押，为什么秦桧能独自逃回？其二，从燕山至楚州，渡河越海，难道就没有盘问设禁的人？其三，即使他跟随金兵南侵，途中金人放了他，也会把他的妻子等家属扣留，又怎能与妻子王氏等一同归来？其四，他怎能杀监使南归？

尽管疑问重重，但是由于当时的宰相范宗尹、同知枢密院事李回等人与秦桧有私交，力荐其忠。加之他之前的忠义表现，最为关键的是，他一见到宋高宗时提出"如欲天下无事，南自南，北自北"的卖国求和主张，正中这位只知求和皇帝的下怀，很快秦桧被任命为礼部尚书。不久又爬上宰相宝座。

自打秦桧专权后，打击迫害主战的一派，不断地卖国求和。这样一来，他从金国逃回一事就更让人们怀疑了。

那么，秦桧到底是怎样从燕山回到南宋的呢？

秦桧与宋徽宗被俘到燕山后，徽宗听说儿子赵构已经登上帝位，就写信给金帅粘罕求和，并让秦桧修改润色。秦桧又以重礼贿赂金人，将书信送给粘罕，得到金人的欢心。后来徽宗、钦宗又被转移到韩州，而秦桧因得金主的赏识，不但没有随徽宗、钦宗远徙，反而被赐给金主的弟弟挞懒为任用（即执事），很快成为挞懒十分信任的亲信。

1130 年，挞懒率兵南侵，任命秦桧为任用同行。王氏与秦桧怕不能一同南回，俩人暗商，狡诈地表演了一场闹剧。两人故意吵闹，王氏骂道：

"我家翁父，使我嫁汝时，有赀财二十万贯，欲使我与汝同甘苦，尽此平生。今大金国以汝为任用，而乃弃我于途中耶？"叫骂不断。挞懒住在秦桧的隔壁，挞懒之妻闻声赶来，问明情况后，极力安慰王氏，说此事不用担心，大金国法令允许家属同行。又转告挞懒，挞懒也同意王氏同行，又任命秦桧为参谋军事、随军转运使。

金兵攻楚州时，兵营扎在孙村浦寨中。楚州城沦陷，兵营中的金兵纷纷奔入城内抢劫。秦桧密约艄公，乘混乱之机，以催淮阳军海州钱粮为名，同王氏、家童砚童、兴儿及亲信翁顺、高益恭等人乘船离去。

南宋赵姓之《中兴遗史》、徐梦莘《三朝北盟会编》、李心传《建炎以来系年要录》都有此类记载。

《宋史·秦桧传》则肯定地说"秦桧在金廷首唱和议，故挞懒纵之使归也"。《林泉野纪》更说秦桧在金时为徽宗上书粘罕求和，粘罕大喜，赐钱万贯，绢万匹。进攻楚州时，"乃使乘船舰全家厚载而还，俾得和议为内助"。因此，不少人怀疑秦桧是金人放回的奸细，目的是为了控制南宋。但是由于没有史料依据，所以至今仍只是一个说法。

郑和为什么要下西洋？

明朝永乐三年（1405年）至宣德八年（1433年）的二十九年间，郑和奉明成祖朱棣之命，七次下西洋，先后到达非洲、亚洲两大洲的三十多个国家和地区，最远到达非洲的东海岸，创造了远程航海史的壮举。郑和也成为我国乃至世界航海史上最出色的航海家之一。

然而，遗憾的是，当年兵部侍郎刘大夏一把火烧光了郑和航海的全部档案，让七次的航海经历只能成为口口相传的传奇，于是就有了关于郑和航海的诸多谜案，其中一直让后世学者疑惑不解的是郑和下西洋的动机。人们的问题是：郑和为何下西洋？朱棣称帝后为何忽然将目光转向了茫茫大海？

一说，寻找建文帝。当初建文帝朱允炆为了巩固皇权，相继废削了握有军政大权的周王、齐王、代王、岷王等藩王的职权。当时的燕王朱棣唯恐自己被废，就借口"朝无正臣，内有奸恶"，起兵谋反，号称"靖难"。四年之久，朱棣取得了最终胜利，登上了皇位，称明成祖，随即将都城迁至北京，改年号为永乐。

让朱棣寝食难安的是，他破南京城时，建文帝朱允炆在一场大火中下落不明。尽管他对外宣称建文帝死于火中，但他一直怀疑建文帝已经出逃,这让有"篡位"之名的朱棣不得心安,一日未确定建文帝生死,朱棣一日不安。于是,他多次派人四处密访建文帝的下落。郑和就是朱棣派出寻找建文帝下落的一支。近年来,有学者考证说,为了寻找建文帝,郑和不但下西洋,而且三次东渡扶桑,到日本去过。

二说,郑和的远航有军事目的。《明史·郑和传》说郑和远航"欲耀兵异域,示中国富强";近代学者梁启超说,郑和下西洋是"雄主之野心,欲博怀柔远人,万国同来等虚誉";在《中国历史纲要》中,尚钺也指出,郑和下西洋"大概是想联络印度等国抄袭帖木儿帝国的后方,牵制它的东侵",从而保证明朝的安全。

根据郑和航海时的规模来看,实现这个目的也是绰绰有余。毕竟在 15 世纪,世界范围内还少有如郑和船队那样大的规模和气势,船队所展示出的强大的军事实力足以震慑异域。

三说,郑和航海以经济目的为主。史实表明,郑和的船队与其所到之处的居民开展了很多的经济贸易,不仅满足了明朝官方对外贸易上扩大市场的需求,而且沟通了西洋大国对明朝的"朝贡贸易",收效甚好。明成祖就是为了增加财源,弥补财政亏损,派郑和出海远航。

明代的中国已经被纳入世界贸易体系,与亚洲、非洲的几十个国家都有贸易往来,不但明朝官府、周边国家,甚至连沿海官绅、百姓都从中获得了巨大的经济利益。因此,鉴于这样总体的经济环境,说郑和远航是出自经济目的是有一定根据的。

四说,认为郑和航海以政治目的为主。郑和下西洋的巨大规模向外界展示了自己所统治的国家的恢弘气势,这正是朱棣造成万国来朝的盛世局面以稳固政权的方式,并且也借此瓦解政敌势

力。朱棣就是用这样的方式来塑造自己天朝大国的形象，掩盖自己篡位的坏名声。

有学者根据史料分析，郑和前三次航海，与东南亚、南亚沿海诸国建立了友好关系；后四次则向东亚以西的未知世界探访，开辟了新航路，使海外远国都"宾服中国"。也就是说，郑和远航已经达到了朱棣的既定政治目标。

此外也有人说，郑和下西洋是政治和经济的双重目的，是"一箭双雕"的行为。

五说，实际上是将之前的几种说法互相融合。他们认为郑和下西洋是有阶段性的目的的。前三次的目的大致有三：一是追寻建文帝的下落；二是军事政治目的，镇抚海外的臣民，炫耀国威；三是经济目的，为了扩大海外贸易，沟通与南洋诸国的联系，保持南部海疆的和平。

而之后的四次下西洋，则带有探险和猎奇的性质。朱棣是一个雄心勃勃的人，对南亚以西的未知世界很感兴趣，同时也想展示自己的王朝，因此派郑和开辟新航路，让海外诸国"宾服中国"。

尽管有这么多关于郑和远航原因动机的推测，但是至今并没有真正的结果。

和珅为何受到乾隆的宠爱？

乾隆皇帝是中国历史上的一位明君，在他的执政下，清朝的版图空前壮大，社会经济发展迅速，边疆局势稳固，人民安居乐业。历史上对这位皇帝评价很高，其威望直追唐宗宋祖。

但是就是这样一位帝王竟然宠幸和珅这样一个奸臣，导致政府吏治崩坏，贪污盛行，直接导致了清朝的衰落。后人将重用和珅看做是乾隆最大的政治污点。

那么为什么乾隆皇帝要重用和珅呢？

观点之一：从正史记载来看，和珅发迹是靠着自己的才华和运气。

和珅本人天资聪明，记忆力强，过目不忘。性格圆滑，才华出众，深得乾隆皇帝的喜爱，其迅速升迁和大权独揽是因为皇帝对他的器重和信任。

和珅出身满人，虽然家道中落，但还是得到了在"公学"学习的机会。他努力学习，除了四书五经背诵得滚瓜烂熟，满文、汉文、蒙古文和藏文也都相当不错。上完学后，和珅世袭了家族的三等轻车都尉一职，得以出任御前侍卫，也就有了接近皇帝的可能。

清人陈康祺在《郎潜纪闻》中记录了这样一件事。一次，乾隆看奏报，得知要犯逃亡，心中生气，随口说出《论语》中的"虎兕出于柙"，众侍卫都不知乾隆所说何意，只有和珅说："皇上是说，管此事者，当负此责。"

乾隆很满意和珅的回答，随口问和珅参加过科举没有，和珅老老实实地回答说曾参加过，但没有考中。乾隆又让他背当年的应试文章，于是，和珅跟在小车旁边，一边走一边背，竟然将五年前的文章一字不差地背出来了。乾隆听了之后，对和珅说："你的文章其实可以考中的。"由此，和珅的聪明伶俐给乾隆留下了深刻的印象。

观点之二：坊间传说，和珅与乾隆有不正常的同性恋关系；还有一种说法是乾隆认为和珅是香妃的转世，对他有别样的喜爱和感情。

关于和珅和乾隆的宿世情缘，还有个小故事。传说，乾隆还是皇子时，一次进宫看见父皇雍正的一个妃子，正在对镜梳头，姿态非常美丽。乾隆游戏心起，突然从后面捂住了她的眼睛。该妃子哪知是太子，顺手便拿起梳子向后边打去，正中乾隆的额头。

第二天，看见乾隆额头上的伤痕，皇后逼问出这一情形，大怒，认为是这个妃子调戏太子，将妃子赐死。年轻的乾隆本想为妃子辩白，但又心中害怕。后来他跑到书房，以小指染上朱色，返回妃子的住所，见到她已经上吊，但还没有气绝，便在妃子颈上点了朱色，说："我害了你！如果魂魄有灵，二十年后再相见吧。"

据说和珅与当年的小妃子相似，乾隆第一次见面就有似曾相识之感，于是密召和珅，令其靠近御座，俯视其颈，竟然发现当年的指痕似乎犹在，于是乾隆便默认和珅是父皇爱妃的转世了，对他倍加爱惜。

其实清代官场多有好"男风"陋习，乾隆喜好俊秀之人，似乎也可以理解。而和珅不仅是个美男子，而且聪明伶俐，正对乾隆胃口。

法国历史学者佩雷菲特写的《停滞的帝国——两个世界的撞击》一书，是描写18世纪末期，英国使团出访中国清政府时发生的一系列事件。在这本书里，记录了乾隆皇帝与和珅有着同性恋关系。书中说："皇帝最宠信的人就是和珅。和珅是一个出身贫微，靠自己的才干爬到最高官职的人。但他靠的还不光是才干。乾隆把他从皇家卫队的一名小官，一直提拔到受宠的宰相位置。二十年前，乾隆在一次检阅皇家卫队时，被和珅的魅力所吸引。和珅深受皇帝宠爱，不断得到提升。和珅不仅是皇帝的宠臣，而且也是皇帝的嬖幸。"看起来，不管是和珅真的具有真才实学，还是善于阿谀奉承，懂得帝王之心，要想在皇帝面前得宠，并且长时间不失宠，也只有和珅这样的人才能做到。

一朝天子一朝臣，和珅赢得了乾隆的宠爱，却遭到了嘉庆的厌恶。

嘉庆四年（1799年），乾隆太上皇驾鹤归西，嘉庆亲政。新帝上台后的第一件事情就是扳倒了天下第一大贪官、乾隆的宠臣和珅。

据说当时从和珅的家里抄出藏金三万多两，地窖藏银200余万两，出租地1266顷，其他还有出租房屋1001间、各处当铺银号以及各种珠宝、衣物等，其总家产折合白银达到了10亿多两，是当时清政府财政年总收入的十几倍。民谣有："和珅跌倒，嘉庆吃饱。"可见和珅家产之巨。

如此数量巨大的财产，是和珅贪污所得，这也创造了一个世界纪录。乾隆的纵容造就和珅的贪欲，这样的日子终不长久，满贯的家产最终成了嘉庆囊中之物。

林则徐的死因探秘

1839年6月3日，民族英雄林则徐虎门销烟，销毁了鸦片近两万箱。后人评价说虎门销烟是我国近代史上反帝斗争中的光辉一页。这一壮举，维护了中华民族的尊严和利益，增长了中国人民的斗志，但也引发了鸦片战争，林则徐的命运由此急转直下，最后不明原因地死去。林则徐的死，引起了很多人的注意，特别是关于他的死因，也出现了各种不同的说法。

林则徐（1785—1850），字元抚，又字少穆，晚号俟村老人、俟村退叟、七十二峰退叟。福建侯官（今福建福州）人。主要功绩是从英国人手里收缴鸦片近两万箱，约二百三十七万余斤。于道光十九年四月二十二日（1839年6月3日）在虎门海滩上当众销毁。林则徐也因而成为彪炳千秋的不朽人物。

不过，林则徐的行为也激怒了帝国主义，从而引发鸦片战争，林则徐也被道光帝发配新疆。道光二十五年（1845年），清朝又开始重新起用林则徐。道光三十年（1850年），清政府为清剿太平军，任命林则徐为钦差，赴任途中，1850年11月22日暴卒于潮州普宁县馆，终年六十六岁。

林则徐死因为何，正史记载，因病而亡。《清史稿·林则徐传》说他是"行次潮州，病卒"。因为，林则徐本来身体不好，遭贬新疆的时候，患上了鼻出血、脾泄疝气等多种宿疾。身处逆境，医疗条件又差，没有得到及时治疗。

林则徐是南方

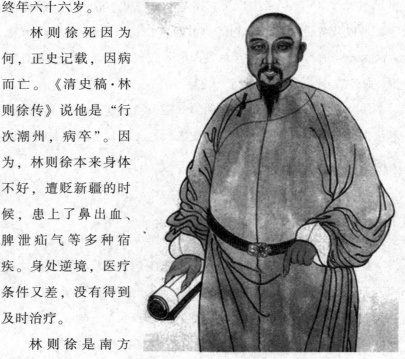

人，不习惯大西北的饮食，使他的健康遭受了更大的损害，经常吐泻，有时甚至"昏晕难起"，而他又总是带病处理政务，这更进一步伤害了他的健康。

道光二十七年（1847 年），林则徐由陕西巡抚擢为云贵总督后，其体质每况愈下，虽勉强支撑了两年，终因病情严重，辞职回到侯官（今福州市）老家。休养后的林则徐经过多方调治，健康状况有所好转，但多年的沉疴却难以彻底治愈。

道光三十年六月，清廷"迭次宣召"林则徐镇压广西的拜上帝会。林则徐抱病赴广西任职。由于得不到充分休息和有效治疗，使他的病加重，接着又患了痢疾，也没有得到很好的治疗，只顾一门心思赶路。

对此，林则徐的随员施鸿保在《闽杂记·卷四》中详细记载道："公患痔漏久，体已羸，至是力疾起行，十一日抵潮州，复患痢，潮守刘晋请暂留养疾，不可。次日遂薨于普宁行馆。"这是有关林则徐死前见于文字的较早记载，这种说法被当时的官方认可，所以《清史稿》也采用了此说。

另外，林则徐的次子林汝舟在《致陈子茂书》中说到其父的死因：其父赴任上路后没有把病放在心上，至十二日，他躺在轿中催着赶路，没有顾上吃药。不料，其吐泻现象一日比一日加重，不得已于十二日、十三日两天连服"中和之剂"，病情得到了暂时的控制。按说此时应休息几天再走，但林则徐唯恐误了朝廷的大事，不敢在途中耽搁，仍然坚持赶路，到普宁后觉得"胸次结胀"，"痰喘发阙"，过去的心肺旧病也一起复发，林则徐这才被迫停了下来。医生一看，见是"两脉俱空，上喘下坠"，一下慌了手脚。本应先医脾胃虚寒，却开出了"参桂重剂"的处方，并且"连进参剂"，林公服药后咳喘加剧，又吐又泻，再服其他药物，一直未能奏效，几天之后就去世了。这种说法应该可信。

也有一种说法是，林则徐是被洋商害死的。

传说林则徐死后不久，有人看见广州怡和楼的包间里，十三洋行总头目任绍荣的一名亲信，与一个名叫郑发的厨子嘀嘀咕咕，面前的桌子上放着一堆白花花的银钱。郑发恰好就是林则徐的厨子。于是，人们就猜测是洋商买通了厨子毒死了林则徐。

据说，当时来给林则徐看病的人也发现林则徐有明显的中毒症状，半夜时分，林则徐已是气若游丝。他对林聪彝断断续续地嘱咐了一些什么，忽然坚强地坐了起来，挺直身子，手指前方，口中大叫"星斗南，星斗……"而死。

那么，林则徐临终高呼的"星斗南"是什么意思呢？有人说是指在广州的一条名叫"新豆栏"的街。林则徐任禁烟钦差大臣时，清除过盘踞在这里的许多中外鸦片商人。后来，林则徐离开广州之后，英国驻华公使欲带兵强行入城，遭到当地民团和广大人民的抵抗而放弃。英国人遂以重价租下豆栏街数丈之地，求得居住上的方便，实际上仍是蓄谋扩大鸦片贸易。后来这些鸦片商居住的老窝，就被称为"新豆栏"。

林则徐知道这件事后极为愤慨，临死也没有忘记这个地方。也正是这些鸦片商用重金买通了厨子，将巴豆汁掺入稀饭，以暗杀的手段害死了林则徐。

另一种说法是，林则徐临终前大呼"星斗南"是他对星象的极大忧虑。林则徐的随行师爷刘存仁在途中曾写过一首《过海阳即事》，其中有这样两句："旭日初升消瘴疠，天河力挽洗搀枪。"他在句下自注说："西南角大星，光芒甚露。"可见林则徐在赴任途中看见有一亮星照耀，认为是"乱民"兴旺的兆头，身

负重任，系念粤西的林则徐暗记在心，既有所感，口便大呼，以
此寄托出师未捷身先死的憾恨。尽管此说有些迷信成分，却能符
合林公逝前力竭大呼的情理。

第四章　戎马将军的悬案故事

是项羽烧了阿房宫吗？

阿房宫始建于秦始皇统一六国后第九年，是秦王朝拟建的行政中心，秦始皇打算用它来显示新王朝的气魄和威严，并在这里容纳六国前来朝见的旧贵族。西汉时，阿房宫遗址被划入上林苑，因其东、北、西三面有厚重的宫墙，史称"阿城"，后来被逐步夷为农田。1961年，阿房宫遗址被国家公布为第一批全国重点文物保护单位之一。

秦阿房宫是一处规模宏大的宫殿建筑群，也是我国历史上规模最宏大的建筑之一。唐代诗人杜牧在《阿房宫赋》中这样描写："覆压三百余里，隔离天日……五步一楼，十步一阁；廊腰缦回，檐牙高啄；各抱地势，钩心斗角。盘盘焉，囷囷焉，蜂房水涡，矗不知其几千万落。"

它由两处建筑群组成，一处是阿房宫前殿建筑群，《史记》记载其"东西五百步，南北五十丈，上可以坐万人，下可以建五丈旗。周驰为阁道，自殿下直抵南山"。另一处是上天台建筑群。

如此辉煌的建筑群，最后竟然成为一把焦土，着实让人可惜。"六王毕，四海一。蜀山兀，阿房出……楚人一炬，可怜焦

土。"这是人们耳熟能详的句子。两千多年来，这纵火的罪名一直背负在项羽身上，关于项羽火烧阿房宫的故事也一直在民间流传。项羽真的是烧阿房宫的祸首吗？阿房宫是被火烧的吗？

为了弄清楚阿房宫的真相，2003年，考古工作者对遗址进行了发掘。有趣的是，在整个挖掘过程中，人们没有发现任何被大火焚烧的痕迹。

这到底是怎么一回事呢？是挖掘的地点有误，或者是挖的面积不够广，从而偏偏错过了被焚毁的宫殿遗迹？

根据史书记载，秦始皇修建阿房宫，曾经请来无数的巫师，踏勘了咸阳附近的风水宝地，最后定址在周朝两个都城之间一处地方。考古工作者们选择的挖掘地址是严格依据文字记载和实地勘测，加上利用科技手段所做的勘测结果，对遗址的地点把握绝对是万无一失，搞错地点的可能性为零。

之后，考古人员又扩大勘探面积至二十多万平方米，挖掘了约一千平方米，并在每平方米范围内打了五个探测孔，用大面积密探的方法进行搜索，探眼一直打到地下数十米深处原来台基的夯土地面，结果仍然一无所获。

如果说考古挖掘没有任何疏漏的话，那是不是项羽的一把火真的将一切都烧得不留痕迹，或者是因为时间太久，这些痕迹已被无数次的风霜雨雪抹消了？再看距离阿房宫不太远的汉长乐宫，曾是汉代都城长安最富丽豪华的宫殿之一，东汉末年，长乐宫和其他汉宫一样也难逃"楚人一炬"。然而两千多年过去了，长乐宫被火焚毁的痕迹依然历历在目。整个汉代长安城遗址三十六平方公里范围内，发掘时遍地都是焦土和黑灰土，地下则是厚厚的红烧土。辉煌的古建筑已不见踪影，但是烧毁后的木炭却深埋地下。

看来，无数次的风霜雨雪并没有将历史的痕迹抹消掉，可两座年代相差并不遥远、同样是被烧毁的建筑，留给人们的考古痕迹为什么如此不同呢？

难道是遭到了人为的损毁，如农民挖地将其挖掉了？

在实地调查中，考古工作者得知，新中国成立后虽然曾有农民在这一带平整过土地，但是从来没有在阿房宫前殿遗址上动过大土，平整土地是在上天台遗址一带，距前殿遗址的最东边还有一公里多远。

而且经过钻探发现，前殿遗址的地下还有汉代文化堆积层和唐代及以后各代的堆积层，这些堆积层都在前殿遗址的顶部。如果农民平整土地只能是先取最上面的土，后取下面的土，绝不可能取走了下面秦代土层，却留下了上面汉代和唐代以后的土层。由此可见，阿房宫被焚烧后留下的堆积层遭到人为损毁被挖走了的可能性也不存在。

发掘的地点准确无误，发掘方法也很科学，不存在疏漏之处，更没有遭到过外来的人为损毁。遗址下若有大规模焚烧痕迹的话，也不可能因间隔时间长久而灰飞烟灭毫无遗留。而发掘的结果却是一无所获。解释只有一个，那就是：阿房宫没有被焚烧过，项羽背负了两千年的冤屈。

《史记·项羽本纪》中说："项羽引兵西屠咸阳，杀秦降王子婴，烧秦宫室，火三月不灭。""秦宫皆以烧残破。"而在《史记·高祖本纪》中则表述得更加明确："项羽遂西，屠烧咸阳秦宫室，所过无不残破。"可见，项羽并没有火烧阿房宫，而只是在咸阳大肆焚烧虐杀，烧毁了所有的秦宫殿建筑。考古发现也证实了这样的描述，在咸阳都城一、二、三号遗址确实发现了厚达一米的红烧土、炭灰和硫渣，证实这里曾经被火焚烧过，发生过类似"三月不灭"的大火灾。

那么，让项羽背黑锅的《阿房宫赋》又是怎么回事呢？也许我们可以这样理解：诗人的诗词文章固然华美生动，但毕竟只是文学创作，不具有史料意义。况且杜牧作赋的目的在于规劝唐敬宗李湛，不要像秦国那样因营造阿房宫，劳民伤财而导致亡国，所以极尽铺陈夸张之能，以达到寄托讽喻的目的，究其根本，是不可作为史料依据的。

随着考古的不断深入，工作人员发现了一个更加令人震撼的事实：项羽非但没有焚烧阿房宫，而且连诗人笔下那富丽无比、巍峨壮阔的阿房宫根本就没有存在过，它从来就没有建成过！

2003 年年底，考古工作者在阿房宫周围十四平方公里范围内的六十余处夯土基址上反复探查，发现秦代和汉代的土层及汉代碎瓦，秦代在下，汉代在上，这就表明，所有的历史遗迹都原封不动地保留在这里了，试想，如果后来的人们挖去下层约二十万平

方米的秦代土层的话，它上面的汉代土层及土层表面的汉代建筑物倒塌堆积层就不可能保存。

有意思的是，阿房宫前殿遗址里人们始终没有发现秦代的瓦当或瓦当残块。换句话说，在阿房宫前殿的遗址台基上根本就没有秦代建筑存在过，所谓的阿房宫根本就不存在，秦代并没有建成阿房宫。

通过最新的钻探发掘和科学检测结果证明：阿房宫前殿遗址土台基上三面围墙内没有任何秦代建筑遗迹，对地下的试掘也证实，周围约三千平方米范围内，没有任何秦代宫殿建筑中的墙、殿址、壁柱、明柱、柱础石及廊道和散水及窖穴、排水

设施等，前殿台基建成后的相当长一段时间都被一米多高的野草覆盖。

这到底是怎么一回事？难道那个华丽的宫殿只是诗人的幻想？

根据史料记载，秦二世即位时，阿房宫"室堂未就"，便因秦始皇病死而停工了，将七十余万劳力全部调去赶修始皇陵。同年四月"复作阿房宫"，七月就爆发了大规模的陈胜吴广农民起义，《史记·陈涉世家》云"天下云会响应，赢粮而景从，山东豪俊遂并起而亡秦族矣"。也就是说，从重新开工修筑阿房宫到秦灭亡（公元前206年），一共只有短短的三四年时间，如此宏伟庞大的阿房宫显然是不可能建成的，它只不过是秦始皇的一个未尽的梦想罢了。

阿房宫没有建成已成为不争的事实，诗人笔下富丽堂皇的阿房宫实际上仅有一个前殿。这一结果与《史记·秦始皇本纪》"……阿房宫未成；成，欲更择令名名之"，以及《汉书》"（秦）复起阿房，未成而亡"等记载是完全吻合的。

李广难封的原因是什么？

"李广难封"历来都是一句英雄末路的慨叹。飞将军李广一生征战拼杀七十多场，胜多败少，是匈奴人眼中的劲敌。然而，就是这样一位战功赫赫的将军，却因各种原因没有得到相应的封赏，更难被封侯。和他一起出来且声名远在他之下的堂弟李蔡已经身为丞相，李广依然只是一个普通的将军。这是什么原因呢？这个问题不仅让后人百思不得其解，恐怕李广自己也纠结其中。

传说，曾经有一次，李广和占卜天象的王朔讨论过自己难封侯的原因。

王朔问："你是否做过违背良心的事？"

李广想了想说："我镇守陇西的时候，羌人造反，我用计谋使他们投降，后来又将八百多名投降者在一天之内杀掉了。这是我认为最遗憾的事。"王朔叹息说道："把已经投降的人杀掉，这就是将军没有被封侯的原因。"

传说归传说，李广一生未能封侯，其原因很多。

首先，李广是个倒霉将军，运气实在太差了。李广虽然名气很大，但是实际上打的大规模胜仗不多。只是在一些特殊情况下，靠个人的勇武获得了一些超出常人的战绩。

汉武帝元光六年，四路大军出塞。卫青、公孙敖、公孙贺、李广各率一路，每军一万人。本来这次出塞，四个人都有机会靠优异的成绩获得主帅的位置。不过，运气和个人素质让四个人遇到了不同的情况。运气最好的卫青，长途奔袭，端了基本不设防的匈奴祭天圣地龙城。王昌龄的诗实际上有很大的错误。龙城与李广无关，他从来没到过那里。"龙城飞将"的说法，可能仅仅是为了合辙押韵而已。李广对匈奴的战绩，小仗胜大仗败，远远够不上"不教胡马度阴山"的水平。一般般的公孙贺在塞外旅游一圈，无功而返。公孙敖遇到匈奴一部主力，损兵七千。最倒霉的李广，遇上了匈奴单于主力，不仅兵败而且被俘。后来靠个人的机智和勇武才逃脱。

公元前119年，朝廷对匈奴发起大规模战争，两路向匈奴进军。年迈的李广主动请战，担任前将军，这是李广参加的最后一次大战役，卫青已经是主帅了。为了提拔自己的亲信立功，卫青拒绝了李广担任前锋的要求，而令其侧路袭击。但是李广的坏运

气再次发生作用，在行军途中，李广迷路了，等到会合地点时，
已经迟了几天。有人叫李广让部下到卫青那里去请罪，谁知李广
气愤地说："我的部下没有罪，迟到的责任在于我自己，要审问
就审问我一个人。"

　　李广对部下说："我一生跟匈奴打了七十多场仗，这次跟大
将军出战，不承想大将军把我的队伍调开，让我绕远路。结果又
迷路，这就是天意吧，况且我已经这么大年纪了，毕竟不能同那

些小吏打交道了。"说完，拔刀自刎。李广一生威名显赫，最后的结局却凄凉万分。

其次，就个人性格而言，李广勇多于智。综观李广战绩，智谋就表现得不够出色，极少以少胜多或以计克敌的战例。

此外，他心胸狭窄、暴戾，缺少独当一面的战略才能。元光六年出塞，兵败被俘脱难归国。按照当时的军法，李广是死罪，靠族人出钱赎罪才免于一死，贬为庶人老百姓。之后有次外出归城晚了，叫门说"我乃前将军李广"。守门小官儿酒醉，又是势利眼，就说："现任将军也不能违反夜间戒严令，何况你是前任将军？"李广生了一肚子气。后来，李广重新带兵后，硬把这个守门官调到自己军中找了个借口杀了。这些事情，反映出李广的性格缺陷，面对"李广难封"的典故，既要明白典故的意思，也要能从真实的李广身上学到教训。

黄巢下落之谜

黄巢是唐末农民起义军的领袖人物，由他领导的起义打破了唐末军阀割据混战的黑暗社会的僵死局面，为社会由分裂向统一过渡准备了条件，从而推动了历史向前发展。这样一个人物有什么样的经历，他的故事有怎样的结局？

公元 874 年，盐贩黄巢以为百姓谋生存为名揭竿起义。短短五年时间，黄巢就攻入长安，宣布称帝，国号大齐。然而，登上宝座后的黄巢忘记了自己对百姓的承诺，在唐僖宗留下的大明宫，过起了春风得意、歌舞升平的生活。糜烂的生活让军队失去了战斗力，失去了百姓的拥护。很快唐朝军队发起反攻，黄巢被迫逃亡山东，他带领着残军逃至泰山脚下时已疲惫不堪。

公元 884 年 7 月 13 日，农民起义军领袖黄巢和他的军队向泰山东南的狼虎谷走来，曾经多达数十万的起义大军，如今只剩下散兵游勇千余人了。这时，一支沙陀人的军队和一支唐帝国的军队也奔向这里。几个时辰以后，黄巢的起义军几乎全军覆没，黄巢也从此退出了历史舞台。

失败后的黄巢去了哪儿？他到底是生还是死？在历代史料中若隐若现，没有最终定论。令人疑惑的是，在记述唐代的正史中就有截然不同的两种说法。一个说黄巢是被他人所杀，而另一个却说是自刎而死。随着人们的不断猜测和研究，黄巢的死因更加扑朔迷离，下面是几种说法。

自刎而死

依据：《新唐书·黄巢传》载，黄巢兵败狼虎谷时对外甥林言说，你拿我的首级去献给唐朝，那么你可以求得富贵！林言不忍心杀黄巢，结果黄巢自刎。

质疑：黄巢战斗了一生，怎么可能最后把自己的脑袋送给别人去请功？再说，林言即使拿上黄巢的首级投奔唐军，他也不可能讲出实情；而且不久林言也被杀。那么黄巢和林言的对话是如何传出来的？此说不符合常识。

被外甥杀害

依据：《旧唐书·黄巢传》中对于黄巢之死有这样的记载："巢将林言斩巢及二弟邺、揆等七人首，并妻子皆送徐州。"在《旧唐书》的《僖宗纪》、《时溥传》和《资治通鉴》、《桂苑笔耕录》、《北梦琐言》等书籍中也都有着类似的记载。

林言是黄巢身边一名重要将领，也是他的外甥。黄巢对其十分信任。黄巢进入长安之后，曾选择五百个武艺高强的人组成了一支特殊的部队——禁卫队，林言就是这支部队的最高指挥官。不过，兵败如山倒，林言做出卖主求荣的事情也不是不可能的。

难道黄巢真的是死于外甥林言之手？

被贴身大将杀害

依据：在敦煌莫高窟出土的残卷中曾透露出了黄巢死因的蛛丝马迹。敦煌文书里有一件《肃州报告黄巢战败等情况残卷》，写道：其草贼黄巢被尚让杀却，于西川进头。

尚让是起义军二号人物，黄巢最主要的助手。他早年随王仙之起义，王仙之牺牲以后，尚让就率余部投奔了黄巢。黄巢打下长安以后任命尚让为首席宰相。

公元884年5月，黄巢在今河南中牟西遭沙陀骑兵突袭，牺牲万余人。在此危急关头，尚让却率万人投降唐廷。因此，尚让在混战中将黄巢杀死的可能性是存在的。而《肃州报告黄巢战败等情况残卷》这份战报被立即飞报朝廷和作战军队，恰好就是记录这件事情的。

质疑：如果当时有人杀死黄巢，必定立下大功。即便是作为帮凶，其名字也会名扬四海，为各种史书所记载。问题是关于尚让杀黄巢的说法，在迄今发现的史料中的记载只有一处。

出家为僧

依据：宋人刘是之的《刘氏杂志》。五代时有一个高僧，法号翠微禅师，这个人就是黄巢。更为传奇的是张端义在《贵耳集》中记载说："黄巢后为缁徒，曾主大刹，禅道为丛林推重，临入寂时，指脚下有黄巢两字。"王明清的《挥尘录后录》卷五说：张全义为西京留守，识黄巢于群僧中。

逃脱生还

依据：在宋朝邵博的《河南邵氏闻见后录》卷十七中曾经提到，若说杀黄巢于狼虎谷，献首于徐州，两地相距约五六百华里，快马也要三天路程，而徐州至成都马不停蹄，日夜兼程，也需二十天。当时又值盛暑，"函首"恐怕早已腐臭不堪了，更何况黄巢兄弟六七人，难说其中就没有与黄巢状貌类似者。所以，很有可能在狼虎谷中被林言杀死的只是黄巢的替身。

尽管黄巢起义军在山东狼虎谷几乎全军覆没，不过当时黄巢本人没有死，用金蝉脱壳之计瞒过唐朝追兵的眼睛，在逃出狼虎谷的残军中依然有黄巢的身影。

也许黄巢已经死在狼虎谷，也许黄巢从狼虎谷侥幸逃脱后，从洛阳来到宁波雪窦寺，潜心修习佛法，并成为一代高僧。

对于黄巢最后的结局到底如何至今还是一个未知的谜，我们期待更多的史料问世来解答这个谜团。

岳母刺字的真相揭秘

《宋史·岳飞传》有记载，当岳飞入狱之初，秦桧等密议让何铸审讯。岳飞义正辞严，力陈抗金军功，并当着何铸的面"裂裳以背示铸，有'尽忠报国'四大字，深入肤里"。浩然正气，令何铸汗颜词穷。

岳飞背上刺有"尽忠报国"，历史上确有其事，很有可能源自岳母鼓励儿子上战场的意愿，但不是岳母亲手所刺。北京师范大学历史系教授游彪说，岳飞背上刺有"尽忠报国"四个字，历史上确有其事。但是这几个字究竟是什么缘故，在什么时候，由什么人刺的，史书上并没有确切的记载。

清人钱汝雯《宋岳鄂王年谱》卷一云："靖康初始见宋高宗，母涅其背'尽忠报国'。"是说岳飞背上的四个字系"母刺"。但是，钱氏撰此年谱，取材于《唐门岳氏宗谱》，此谱成书较晚，材料来源庞杂，不足为凭。

游彪教授也认为，岳母刺字是民间流传的一个典故，但还是有一些历史依据的。在宋金打仗的时候，岳飞在现在的山西平定一带当兵，岳飞是一个很忠孝的年轻人，他很担心家里年迈的老母亲，为了安顿好母亲，岳飞就从战场回到了家乡河南的汤阴县。岳母为了鼓励他放心去战场打仗，就为他刺下"尽忠报国"四个字。

当然，作为一个农家妇女，岳飞的母亲姚氏识字的可能性不大，也不可能亲手在岳飞背上刺上"尽忠报国"四个字。不过，请人在岳飞背上刺上四个字倒是极有可能。

关于岳飞背部刺字还有一种说法，那就是北宋末年"刺字为兵"的制度下的产物。岳飞久怀报国之志，曾三次从军抗金杀敌。他于宣和四年（1122年）十九岁时第一次应募入伍，背部刺字大约是此时所为，因为北宋末年"刺字为兵"的制度仍在贯彻执行。所以岳飞在背部刺上"尽忠报国"四字明志。

不过，游彪教授通过分析宋代的兵制，可以推断岳飞背上的字不是因为他当兵才刺的。

不同于汉唐和元明清都是实行征兵制（征兵就是一种兵役，只要是国家的公民，都要被强行服兵役），两宋时实行的是募兵制。所谓两宋的募兵制则是国家从老百姓中招募士兵，国家出钱雇佣他们。赵匡胤认为应该把兵和民分开，兵民分开控制，有利于国家的稳定，有利于皇帝的统治。这样一来，宋代的军队都是国家花钱养的雇佣兵，人员来源比较复杂，游民、饥民和犯过法的人都可以应募入伍，这就加大了管理的难度。

为了加强对军队的管理和控制，从宋太祖赵匡胤开始采用"刺字为兵"的管理方式。只要是应募入伍的士兵，都要刺字作为标记。

南宋人朱弁《曲洧旧闻》也说："艺祖（即宋太祖）平定天下，悉招聚四方无赖不逞之人，刺字以为兵。"据古书零星记载，一般是取"松烟墨"，入管针（类似于管状针头）画字于身，直刺肌肤，涂以药酒即成。

宋代有两种军队需要刺字，一种是禁军，就是国家的作战部队；一种是厢军，相当于现在的工程兵，国家的大型公共工程，比如修桥铺路等，都是由厢军来完成。为了便于识别和管理，士兵刺字的内容基本上都是各自固定的所属部队的番号，不会是其他的内容，从而使得士兵不能随心所欲地流动和逃跑。还有牢城兵，比如说《水浒传》里面的林冲，他犯罪之后被发配到沧州当兵，这种兵是带有徭役性质的，也会刺上诸如牢城第几指挥之类的标记。

显然，岳飞刺字的内容和部位，都不符合宋代士兵刺字的规定。

从岳飞背部刺字的内容——"尽忠报国"来分析，游彪教授认为不可能是他应募当兵的时候刺上去的。而且岳飞刺字的部位也不符合宋代的规定，宋代给士兵刺字叫做黥面，最开始刺在脸上，人为地把士兵和社会普通阶层分开，这对士兵是一种歧视。

毕竟宋代是一个重文轻武的社会，武将的社会地位十分低下。文官尤其是进士出身的人，社会地位都很高，武官则受到严重的社会歧视。后来，开明的士大夫提出自己的看法，认为这种歧视士兵的做法并不太好，希望做一些必要的调整。士兵的刺字才改在手臂、手心、手背或者是虎口上了。但是，给士兵刺字的目的是便于管理，防止士兵逃跑或者犯法，因此，刺字地方一定是相对明显的地方。如果像岳飞那样刺在背上，太隐蔽了，根本没有任何标志作用。所以这也说明岳飞背部的"尽忠报国"不符合"刺字为兵"的募兵制度。

有的史料中，岳飞刺字的内容由"尽忠报国"变成了"精忠报国"。这又是为什么呢？游彪教授认为这很可能和宋高宗有关系。岳飞在对抗金兵入侵的战斗中，立下了赫赫战功，为了表彰岳飞，当时的皇帝宋高宗御赐了"精忠岳飞"四个字给岳飞，并让手下人做成了一面写有"精忠岳飞"的旗帜。以后凡是岳飞出征的时候，都会带上这面写有"精忠岳飞"的大旗帜。到了明清以后，"尽忠报国"就变成了"精忠报国"，这实际上是明清人的误解。

在游彪教授看来，明清时期，把"尽忠报国"变为"精忠报国"，是帝权的宣扬。"精忠"二字是皇帝御赐的。宣扬"精忠报国"就是要激励当时的老百姓在国家危难的时候，发扬精忠报国的精神。

实际上，在元朝的时候，蒙古人占统治地位，汉人的社会地位相对低下。到了明朝，尽管朱元璋建立起汉人统治的政权，但实际上明朝时期，外患仍然很严重，北方的蒙古势力很强大，所以在这种情况下，需要全体老百姓用这种"精忠报国"的精神来巩固和捍卫汉人的政权。所以"尽忠报国"就慢慢流传成了"精忠报国"。

徐达死因之谜

徐达是朱元璋手下的一员大将。早在朱元璋作为郭子兴部将的时候，二十二岁的徐达就跟着朱元璋。徐达不仅作战勇猛，还擅长出谋划策。徐达待人宽厚，率领的军队纪律严明，是朱元璋最为器重的将领，他曾对将领们说过："带兵稳重，纪律严明，得胜后最有大将风度的就是徐达。"

朱元璋十分信任徐达，进攻吴地时，徐达派使者向朱元璋请示事宜，朱元璋敕令慰劳他说："将军才略胆识超过同辈，故而能够遏止暴乱，削平群雄。如今有事一定来禀告，这是将军的忠诚，我很赞赏。然而将领在外，国君不能驾御。军中有紧急的事情，将军可以见机行事，我不会从中干预。"

不久平江被攻破，抓获张士诚，送往应天，获得兵源二十五万人。城将被攻破的时候，徐达对将领士兵下令说："抢夺百姓财物的处死，毁坏百姓房屋的处死，离开军营二十里的处死。"入城后，吴地百姓和原来一样安定。

明朝建立后，朱元璋任命徐达为右丞相和太子少傅。徐达继续南征北战，终于灭掉了元朝，最终帮助朱元璋统一了天下。

徐达很懂君臣分寸，天下安定后，徐达依然每年春天都会在外统兵，冬末回京城。回京后，徐达每次都会及时把将印交还朝廷。朱元璋把徐达当成兄弟看待，而徐达反而更加谦虚谨慎，深得朱元璋的好感。朱元璋曾经说："可以把我当吴王时期的住宅赐给你。"徐达坚决推辞。

一次，朱元璋和徐达一起到住宅，故意把徐达灌醉后抬进卧室。徐达醒过来后，吓得跪下高呼死罪。朱元璋心里十分高兴，下令给徐达盖了另外一处府邸，并且在府邸牌坊上写上"大功"二字。

胡惟庸当丞相的时候，一心想和徐达拉关系，但徐达不喜欢胡的为人，总是拒绝他的好意。胡惟庸怀恨在心，收买徐达的看门人福寿陷害徐达。徐达知道此事后，没有追究福寿，只是经常劝朱元璋留意胡惟庸，认为胡惟庸不堪大用。后来胡惟庸果然因

为谋逆而被处死，朱元璋因此更加看重徐达。

然而，再好的君臣，也难免猜疑。朱元璋对徐达不放心了。一日，朱元璋闻听徐达在北平生了病，背上长了毒疮。朱元璋就派徐达的长子徐辉祖代表自己去慰劳徐达。第二年，徐达就去世了，当时有人传说是朱元璋把徐达毒死的。

徐达去世后，朱元璋很悲痛，还亲自去参加了葬礼，把徐达列为开国第一功臣。

吴三桂降清的真实原因是什么？

吴三桂是大汉奸几乎是所有人共同的认知，他忠明叛明，联李破李，降清叛清。但是，学术界对于吴三桂降清却有颇多争议。

"冲冠一怒为红颜"说的就是吴三桂为了一己私欲，引清兵入关的事。1644 年，李自成攻破北京，崇祯自杀，吴三桂放弃山海关，引清兵入关击退李自成，后吴三桂被封平西王。

有史学家考证，当年李自成十万大军到达山海关下，吴三桂确有向满清求援。至于吴三桂是否降清，其实还有疑问。

首先，认为吴三桂降清的依据主要是清廷给了吴三桂王爵。明将做清官，有可能是因为吴三桂投降，献出山海关，让清军顺利通过山海关，入主中原。吴三桂的投降对清朝统一天下的大业作出了重要的贡献，因此清政府以封王来奖励吴三桂。

其次，南明小朝廷曾多次拉拢吴三桂反清复明，吴三桂却采取了追杀南明永历帝的举动，这无疑成为吴三桂背叛明朝的铁证。

不过还有很多人认为吴三桂降清不过是大势所趋。当年，吴三桂的确向清政府借过兵马以攻打李自成。但是，当时所借的兵马不过一万人。只用一万人就打败李自成显然是不可能的。另外，当时李自成十万大军兵临山海关下，吴三桂只有三五万人，实力虽有悬殊，却也不代表吴三桂怕了李自成。毕竟，吴三桂的五万兵马都是长年南征北讨的精锐之师，李自成即使在人数上占优势，军队的战斗力却比不上吴三桂。

那么，吴三桂实力不比李自成差，借兵之事又是怎么一回事？他又是如何向清军借兵的呢？降清明将洪承畴和祖大寿就是解开这个谜团的关键人物。洪承畴是吴三桂的老上司，祖大寿则是吴三桂的舅舅。洪承畴降清时，被俘明军有三千人，祖大寿降清之时，被俘明军有七千多人，两组人数相加正好是一万人。恰好是吴三桂向清军借兵的总数。不过，吴三桂借兵的目的并不是单单借兵，而是要收回这一万兵马，并借此摆脱清军的威胁。

至于引清兵入关，则是吴三桂无奈之举。据说，吴三桂与多尔衮商定，清军由中协入关，与吴军配合，两面夹击李自成。但是，战役一开始，清兵就以四十万之众直扑山海关，形势对吴三桂极为不利，吴三桂只得让出山海关。

另有记载说，南明小朝廷曾经特封吴三桂为蓟辽王，以表彰他打退李自成的大顺农民军的功绩。如果吴三桂降清，南明朝廷也不可能封赏一个背叛自己的将领。这也侧面说明吴三桂当年并未降清。

山海关之战，吴三桂与多尔衮双方已经失去信任感。因此在多尔衮执政期间，吴三桂根本不可能降清。吴三桂真正降清应该是在多尔衮去世之后。

李自成死亡之谜

李自成，陕西米脂县人，明末著名的农民起义军首领。明崇祯十七年（1644年）三月十九日李自成攻破北京城，崇祯帝自缢煤山（今景山），李自成推翻明王朝，正式登上了皇帝宝座。然而，登基后不久，李自成内部混乱不断。镇守山海关的明将吴三桂引清军入关，在山海关大战中击败大顺军，李自成被迫带领伤亡惨重的大顺军退出北京，转战河南、陕西、湖北等地，其后屡战屡败，再无回天之力。

1645年，李自成兵败九宫山后就销声匿迹了。李自成到底去了哪里？还是被杀？真如史书所言在湖北通山县被地主武装杀害？还是确如民间流传在湖南石门夹山寺出家为僧？时至今日，有关李自成的最终归宿流传着十多种说法，孰是孰非，莫衷一是。

九宫山兵败被杀说

这是史书记载最为详细的一种说法。据载，李自成山海关大战失利后一路南撤，逢战必败，溃不成军。清军以为明朝报仇为借口，四处剿灭"闯贼"；南明朝廷更是将李自成看成逆贼，不断组织人马或联络沿途地方乡勇截击，李自成的大军面临的环境空前恶劣。

1645年4月中旬，大顺军主力行进到距离江西九江不远的地方时，被清军又一次追上。一番混战，清军攻破大顺军的大本营，俘获汝侯刘宗敏、军师宋献策、李自成的两位叔父（赵侯、襄南侯）以及一批将领家属，这一突发变故，使原本士气低落的大顺军愈加雪上加霜，人心大丧。

此时，清军已经追到九江一带，清军的东路豫王多铎部当时正试图经过河南归德府、安徽泗州向南京逼近，大顺军如果继续东下，很可能在长江下游遭到围攻。鉴于此，李自成及时改变战略，掉头准备穿过江西北部转入湖南。仓皇中，李自成率军来到了湖北通山县和江西宁州（今修水县）交界的九宫山下。

同年 5 月，李自成与英亲王阿济格在九宫山下再次激战，之后，李自成就不知所终。1645 年阴历闰六月初四阿济格给朝廷的奏疏中说："李军兵尽力穷，窜入九宫山中，随后在山中遍寻李自成不得。降兵、降将都说，李自成逃走时，仅携带随身亲信二十人，被村民围困，不能脱，自缢而死。派认识李自成的人去验尸，尸体已经腐烂，不可辨认了……"这是关于李自成遇难的最早的说法。据说，当时清廷接到这一消息，十分高兴，认为贼首被歼，无疑是大功一件，多尔衮还因此告祭天地太庙，宣谕中外。地方官员也纷纷上表庆贺。

可是，不久之后，阿济格凯旋途中，多尔衮得到了大顺军重现江西的情报。加之一直没有寻获李自成的首级，多尔衮因此怀疑李自成的死讯不可靠。阿济格当即找来认识李自成的人去认尸，不过尸体腐烂，无法辨认。于是在第二次上奏中，他对李自成之死说得更加含糊，认为还得继续察访。多尔衮大为震怒，七月二十日，他派人对即将进京的阿济格谎报军情进行了严厉的训斥。胜利班师还朝后的阿济格不仅没有得到封赏，还因为欺诳罪由亲王降为郡王，罚银五千两。可见，当时清廷对李自成之死，怀疑颇多。不过，阿济格很快就被恢复了亲王，甚至多尔衮晚年还把他当做了最亲信的人。清廷对阿济格态度的变化，使本来就扑朔迷离的李自成生死之谜，愈加不辨真伪。

　　还有些当世人的文章，也能证明李自成的确是死了。

　　李自成兵败九宫山已近十个月，南明的五省总督何腾蛟在隆武二年（1646 年）阴历二月所写的《逆闯伏诛疏》："闯逆居鄂两日，忽狂风骤起，对面不见，闯心惊疑，惧清之蹑其后也，即拔贼营而上。然其意尚欲追臣，盘踞湖南耳。天意亡闯，以二十八骑登九宫山为窥伺计。不意伏兵四起，截杀于乱刃之下。相随伪参将张双喜系闯逆义男，仅得驰马先逸。而闯逆之刘伴当飞骑追呼曰：'李万岁爷被乡兵杀死马下，二十八骑无一存者。'一时贼党闻之，满营聚哭……嗣后大行凶问至（指弘光帝被清军俘获），剿抚道阻音绝，无复得其首级报验。今日逆首已泯，误死于乡兵，而乡兵初不知也。使乡兵知其为闯，气反不壮，未必遂能剪灭，而致弩刃之交加，为千古大快也。自逆闯死，而闯二十余万之众初为逆闯悲号，既而自悔自艾亦自失，遂就戎索于臣。逆闯若不死，此二十万之众，伪侯伪伯不相上下，臣亦安得以空拳徒手操纵自如乎？"何腾蛟的这份奏疏是关于李自成死于湖北通山县九宫山下的又一原始文献。由于几个月前李自成的部将接受了他的节制，他有充分的条件从大顺军将领及士兵的口中获悉李自成死亡的经过，这份奏疏应该是比较可信的。南明的隆武帝朱聿健得到奏疏后，开始"大喜，立拜（何腾蛟）东阁大学士兼兵部尚书，封定兴伯，仍督师"。

　　何腾蛟说李自成死了的消息来源是当时在现场的大顺将领，甚至包括李自成的养子张鼐（即张双喜），消息来源算是可靠。不过，依然是因为没有首级作为证明，因此，很多人还是不相信李自成已死。比如，右副都御史郭维经就曾经上疏说，李自成死在九宫山没有任何根据，何腾蛟是七月下旬从李自成投降的部下那里知道的，并且是过了年以后才上报的。如果在没有得到正确

答案的情况下就封赏，恐怕不合适吧。况且，如今李自成还是生死不知，下落不明，万一哪天有人提着李自成的头来领赏，何腾蛟该作何解释呢？

看了郭维经的上疏，朱聿健也产生了怀疑，就让何腾蛟再报一次，然后再宣布这一捷报。何腾蛟于是第二次上疏辨明"闯死确有实据，闯级未敢扶同，谨据实回奏"。

总之，"李自成已死"史料记载颇为详细，阿济格与何腾蛟上报的奏疏中关于李自成死于九宫山的描述在主要情节（时间、地点和牺牲经过）上是一致的，由于主要消息都源于当时原属于大顺军的兵卒，应该具有相当的准确性。后人推翻这种论断的依据只有一个，一直未见到李自成首级。

因此，李自成已经死亡的结论认可的人更多。如，《明史》

中也做出了李自成已死，而尸朽莫辨的模糊结论。这个结论，因许多地方志、家谱的发现而有所加强。清初的史家费密在其所著《荒书》中对李自成战死的经过做了详细的描写："大清追李自成至湖广。自成尚有贼兵三万人，令他贼统之，由兴国州游屯至江西。自成亲随十八骑由通山县过九宫山岭即江西界。山民闻有贼至，群登山击石，将十八骑打散。自成独行至小月山牛脊岭，会大雨，自成拉马登岭。山民程九伯者下与自成手搏，遂辗转泥淖中。自成坐九伯臀下，抽刀欲杀之，刀血渍，又经泥水不可出。九伯呼救甚急，其甥金姓以铲杀自成，不知其为闯贼也。武昌已系大清总督，自成之亲随十八骑有至武昌出首者，行查到县，九伯不敢出认。县官亲人山谕以所杀者流贼李自成，奖其有功。九伯始往见总督，委九伯以德安府经历。"

康熙四年《通山县志》有他的小传："程九伯，六都人，顺治二年五月闯贼万余人至县，蹂躏烧杀为虐，民无宁处。九伯聚众，围杀贼首于小源口。"可见，费密所提到的牛脊岭，确实是当地的地名，程九伯也确有其人。《德安府志》职官志"国朝经历"条下第一人即"陈九伯，通山人，顺治二年任"。姓名虽稍有不同，但也足以证明程九伯得到清廷奖赏的真实性。这些记载无疑从一个侧面证明李自成很可能死于湖北九宫山。

既然如此多的证据都证明李自成死于此处，为什么李自成的首级一直没有找到呢？有人分析，阿济格未能取得李自成首级可能主要是由于时间间隔久，李自成尸身腐烂严重。农历五月以后南方天气已相当炎热，"尸朽莫辨"是完全可能的。清廷获得李自成死的消息是在顺治二年（1645年）七月十五日，江西、湖广等八省总督佟养和上任后才找到杀害李自成的程九伯。阿济格向清廷奏报时并没有这个线索，被派去实地查验的人也无法取得实证。

李自成死后，通山县就被清军占领，大顺军转入江西和湖南。何腾蛟当时在湖南长沙，不大可能派人前往清军控制的区域挖掘李自成尸体。再加上何腾蛟实力相当有限，无视大顺军余部，派军队进入通山县，挖出来李自成的首级"报验"的可能性不大。

因此，无论是清廷还是南明最后都没有拿到李自成的首级。何腾蛟在上疏中含糊其词地解释剿抚道阻音绝，没法拿到他的首级报验。

至于为什么多尔衮后来听到李自成直接统率的那支大顺军主力进入了江西宁州、瑞昌一带，一种解释认为，明清文献中"闯贼"一词既可指李自成本人也可指李自成起义军，也可能是大顺军一部分进入江西而被误认为是李自成遁走江西了。

综上所述，李自成其实是被湖北九宫山当地的地方武装杀死。后人据此还在湖北九宫山建有李自成的陵墓，至于此举是否真的迎合了历史真相就不得而知了。

夹山寺出家说

许多人至今对李自成之死抱有怀疑的态度。作为清王朝和南明王朝的头号死敌，李自成的生死绝对是件大事。单凭阿济格报告中说"尸朽莫辨"，或是何腾蛟的报告显然无法说服人。

最重要的是，李自成退居湖湘时，他的手下还有四十余万兵马，驻九宫山一带至少也有数万人，说他仅带二十名亲信与事实明显不符。再说，如果李自成真的被杀，他手下的几十万大军，岂会善罢甘休，必定会对乡勇进行残酷的报复。事实上，九宫山异常平静，他手下的几十万大军和他的妻子高氏都是平静的。能解释这些怪异现象的只有一个答案，那就是李自成其实没有死。说李自成死于九宫山，不过是欲盖弥彰之举，目的是让敌人放松对自己的警惕，一旦时机成熟，便可东山再起，卷土重来。

既然李自成没有死，他去了哪儿呢？

一种广为流传的说法是李自成在湖南省石门县夹山寺出家为僧了。

湖南省的石门县古称澧阳，又称澧州，而夹山寺位于石门县东的三板桥，是一座唐代时建造的古刹。传说中，李自成就隐居在这里，法名奉天玉。《澧州志林》所收乾隆帝时任澧州知府的何璘《书李自成传后》一文中称，有一个姓孙的先生对他说，实际上李自成并未死于湖北九宫山，而是跑到湖南的石门出家了。这是有关李自成出家最早的记载。

何璘为此特意向当地的一些老年人询问，证实李自成确实是从湖北公安跑到湖南夹山寺出家为僧了，死后也葬在那里。何璘在夹山寺调查中，寻访到一位七十多岁的老僧，据说就是服侍过奉天玉的老和尚。他告诉何璘奉天玉是顺治初年入寺的，当时没有说自己从哪里来，但听他的口音像是西北人。后来，一个自称是奉天玉的徒弟，号野拂的和尚来到这里，侍奉奉天玉十分恭敬。

当老和尚把寺里珍藏的奉天玉画像给何璘看时，何璘倒吸了一口冷气，奉天玉和尚的画像与《明史》中记载的李自成太像了。为此，有人根据李自成曾自称"奉天倡义大元帅"，后又称"新顺王"，断定"奉天玉"即"奉天王"。至于多那一点，无非是为了隐讳。

人们据此推测，奉天玉和尚很可能就是李自成。

20 世纪 80 年代，在夹山寺附近的一系列考古发现似乎也印证了这种说法。

1981 年元旦，考古工作者在夹山寺大路西坡偶然发现了一座古墓，该古墓为一墓三穴，有着完整的结构。随后从墓中出土的一块名为《中兴夹山祖庭弘律奉天大和尚塔铭》的碑刻，使考古工作者了解到这个墓穴正是奉天玉大和尚的。从记载看这个和尚是顺治九年来到夹山寺的，他的弟子门徒多达数千人。影响力如此之大，确实绝非一般和尚。如此奇特的墓葬体制和庞大的规模让考古工作者大感不解。

后续的挖掘中，工作人员在中间墓穴又发现了一只白底青花瓷坛，瓷坛做工细腻，釉面竟然装饰有麒麟和凤凰的图案，尤为奇怪的是青花瓷坛上压着符号奇特的方砖。"这种瓷器比较少见，还没有发现过这种麒麟和凤凰的图案，所以我们认为这件瓷器，并非一般和尚所用。我们在夹山施掘墓葬的时候，发现其他几个和尚都是用普普通通的瓦罐，像这样精美的瓷器，我们还没有发现，特别是麒麟和凤凰的图案纹饰清晰，应该是一个有等级的和尚才可以享用的。"著名考古专家龙西斌如是说。

有趣的是，这位和尚他不但没用龛和塔来安置遗体和骨殖，而且按照陕北民俗下葬，这种下葬方式是违背僧规的，实在太不应该了。

李自成的家乡就在陕北米脂县。据记载，明朝时陕西总督汪乔年派陕西米脂的边大绶去掘李自成祖父的墓，据一个当年掘过李自成祖上墓的知情人透露，李自成祖父的墓、父亲的墓，当时就是一墓三穴型的。由此他们推断这个一墓三穴正与陕北米脂的风俗一致。

如果这个和尚就是李自成，这个墓是李自成的墓的话，这一切似乎就变得理所应当了。

后来龙西斌等人一次在陕北米脂县开会了解到，陕北的人死了之后，男砖女瓦留下圹符碑的符号，寓意"身披北斗，头戴三台；寿山水远，石朽人来"。这与奉天玉和尚墓中青花瓷坛上奇特的方砖符号是一样的。所有这一系列奇怪的现象，让专家们不由得对这位神秘的墓主人产生出浓厚的兴趣。

1981年秋，文物考古工作者又在与夹山相邻的慈利县发现了野拂大和尚墓，墓碑上明文写道，老禅师出身行伍，出生在明朝，清朝去世。曾经"战吴王于桂州，追李闯于澧水"。

吴王就是吴三桂，并且他是与吴三桂在桂州作战之后追随闯王来到澧水的。

在今天的张家界，也就是原来的永定，有一个天门山，天门山有座庙，相传是野拂大和尚在那里建的。《永定县乡土志》曾记载，野拂为闯贼之余党，从石门夹山寺"飞锡来兹、实繁有徒、丛林大举"，由此可知野拂是李自成的一个部将。也有人推测，"野拂"或许就是李自成的亲侄儿李锦，而被野拂精心侍奉的奉天玉和尚就是李自成。

夹山寺里的大雄宝殿正门东侧墙壁中的《重兴夹山灵泉禅院功德碑》中记载了奉天玉大和尚死后三十年的追记，碑文写道：因明朝末年的战火，这里几乎成了废墟。后来奉天玉老人从四川来到这里，重振门庭，几年之后，夹山寺就蔚为壮观了。这块碑立于康熙四十四年，故又被称为"康熙帝碑"。另外，《重修夹山灵泉寺碑志》，也有类似的记载：顺治初年，有个叫奉天玉的和尚来到这里，招收了很多徒弟，寺庙的衰败得以彻底改观。

夹山寺一个密藏墙洞中出土了《梅花百韵诗》残版和野拂和尚写的《支那撰述》残版，后来被证实为奉天玉大和尚所写。诗文中似乎透露出奉天玉大和尚很可能就是李自成。《梅花百韵诗》中有一首《马上梅》写道："金鞍玉镫马如龙，来去风花雪月（后面一个字脱落了），满堂春色暖融融。"一个和尚要金鞍玉镫干什么呢？难免让人怀疑；还有一首叫《东阁梅》："东阁阁东头，徐听三公话政猷，煮茶当酒唤同流。"三公是太师、太傅、太保，皇帝手下的三个参谋，一个寻常和尚怎么可能会同三公有什么关系呢？

野拂和尚的《支那撰述》中有"皇帝圣躬万岁万岁，尧帝之仁中宫皇，再愿满朝文武功"的句子，野拂和尚称奉天玉为皇帝，然后"再愿满朝文武功"，说明夹山已经作为他的殿堂登基了，如果仅仅是一个普通的和尚，怎么会写这样的诗句，又怎么会有"皇帝圣躬万岁万岁"、"满朝文武功"的说法呢？

这一系列考古发现，似乎都在证明前人夹山寺的考证并非空穴来风。

1992 年 9 月，夹山寺大悲殿重修时，在大殿中部地基里又发现了一个刻着"敕印"二字的石龟。据专家鉴定，它是明末清初的东西。再查阅夹山寺历史的记载，使用这个敕印的除了奉天玉和尚，再无他人。

1994 年有人在石门附近偶然挖到一块写着"奉天玉诏"四个字的铜牌。它也是明末清初的奉天玉和尚的东西。

无论是敕还是诏，都是封建皇帝专用，怎么样也不能和一个和尚扯上关系。然而在这个奉天玉和尚这里却一次次地被提及，他的身上，竟然有如此浓重的皇权色彩，说明奉天玉绝不只是一个普通的和尚那么简单。

接下来的几年中，夹山附近的石门县、临澧县、澧县等地又相继发现了"永昌通宝"铜币和铸有"西安·王"字样的铜马铃以及刻有"永昌"字样的折扇扇骨，这些东西的出土说明李自成不是没有禅隐在此的可能性。

临澧有蒋家，藏有许多传世的文物，包括香炉、酒杯、玉雕等珍贵的器物，经鉴定均为明末清初的器物，不但工艺超群，而且价值连城，绝不应该出现在夹山这片山区。而蒋家原

本姓李，为躲避清廷的追杀才改姓蒋。当代著名作家丁玲，就是临澧蒋氏一脉，她曾说自己就是李自成的后人。

种种迹象表明，奉天玉和尚极有可能就是闯王李自成，奉天玉的称号正与他"奉天倡义大元帅"的称号相合，此外，敕印、"奉天玉诏"铜牌均属皇帝专用，暗合李自成大顺皇帝的身份。

上述种种证据表明，李自成禅隐在此完全可能，既然如此，又怎样解释历史上流传甚广的兵败九宫山被杀之说呢？

有人推测李自成去当和尚，是形势所迫。当时面对强悍的满清八旗兵，大顺军接连败北，根本无法抗衡。李自成想要联合南明抵抗清廷，奈何南明朝廷更以"报君父仇"、"联清讨贼"为举国大纲，所以联合南明抗清一直无法实现。有些专家认为，很

可能在败退武昌时，就有谋士给他出主意，让他归隐，从而让部下去联络南明，共同抗清。而在当时，也只有这两股力量联合，才有可能同士气极盛、战斗力极强的清军决一胜负。李自成采纳谋士的建议或者自己决定退隐。而选择出家在当时无疑是最为明智的做法，况且李自成小时候曾有过一段出家的经历，再续前缘是顺理成章的事情。

那么，李自成为什么选择在石门出家呢？这其中又有什么奥秘呢？

当时石门地区处于政治边缘地带，清朝和南明的势力均未渗入，并且这里是土家族的地盘，选择在此出家归隐最为安全。

至于九宫山被杀说，则是李自成和属下设下的一个迷局，或者说缓兵之计。因为扬言李自成已死，可以起到一箭三雕的作用。首先，可以打消南明王朝对这支大军的敌意，为联合南明抗清铺平道路；其次，可以麻痹清王朝，使其放松警惕，一旦时机成熟，便可乘势再起，卷土重来；最后，可以成功掩护李自成顺利归隐。

归隐后的李自成并没有放弃自己的理想，他依然密切关注着时局的发展，与大顺军余部保持着密切的联系，继续在幕后指挥着他的部队联明抗清。"奉天玉诏"铜牌由此而来。

然而，事与愿违，新兴的清王朝更以秋风扫落叶之势，逐个歼灭了反清的军事力量，李自成东山再起的愿望最终落空。这位在风云际会的明末政治舞台上声名赫赫的末路英雄，也只有在晨钟暮鼓、青灯黄卷中度过自己的后半生。

有史料记载，有出土文物，加之对当时时局的分析，李自成归隐湖南石门夹山寺确实证据确凿，合情合理。难道这就是历史的真相？一代英雄真的是以晨钟暮鼓结束自己的一生吗？

对于此说反对者也大有人在。他们认为此种观点漏洞百出，根本无法自圆其说。

首先，奉天玉的活动与李自成多处不吻合。出土的塔铭上明确表明，顺治九年，奉天玉和尚从四川云游到夹山。初到夹山，见古刹破败，便沿门托钵，求乞多方支持，以修复寺庙。而顺治二年五月后，李自成就从历史记载中消失了。中间的空白时段发生了什么？没有文献证明李自成到过四川，那么从四川来的奉天玉和尚怎么就成了李自成了呢？

其次，塔铭记载奉天玉和尚与当地的地方官员往来密切。修复夹山寺的时候，当地官员还捐了钱，甚至说他"历经清要"。所谓清要，据《朝野类要》卷二解释"职慢位显谓之清，职紧位显谓之要，二者兼之，谓之清要"。对于明末的农民起义领袖李自成与官方所谓的"清要"之说不可能有任何关系。而且作为清朝和南明通缉的要犯，即便李自成真的禅隐于此也不会抛头露面沿街求乞修庙之资。奉天玉作为一个公开的身份，又与官方有着密切的关系，恰好证明了他不是李自成。据考证，塔铭的作者刘萱为明朝遗臣，又怎么可能为颠覆了明朝统治的李自成写铭记功呢？

至于野拂和尚，1982年冬，湖南慈利县发现的《野拂墓碑》中还有"久恨权阉"、"也逐寇林"、"方期恢复中原"等词句，表明野拂和尚痛恨明朝宦官当权，对农民起义军和清军入关十分憎恨，期望有朝一日能够收复中原失地，显然是明朝遗臣口吻，并不是什么李自成的部下。野拂与奉天玉关系密切，恰好从另一个侧面证明奉天玉不是李自成，可能也是明朝的遗臣。

再次，如果李自成没有死，大顺军本应调度有方，进退有序。可是实际上，李自成余部的历史表现却异常混乱：有降清的，有降明的，有降明又降清的，或者降清降明之间徘徊不定的。如此混乱的局面正是源于李自成已经死去，才会群龙无首。

最后，手里还有四十余万人马的李自成如果没有死，完全可能占据险要之处，占山为王，再树大顺旗帜，与清军继续争锋。即使不能夺回失去的江山，也不至于那么快就从明末清初的历史舞台上销声匿迹了。而我们看到的是，1645 年 5 月以后，史书上再也没有任何关于李自成的政治活动了。

现在看来，奉天玉和尚是不是隐遁出家的李自成，一时间还真说不清楚，因为正反两方面论证都言之有据，合情合理，究竟孰是孰非，史学界也难以作出定论，而所有的研究推理终究只是一种猜测。

被部将所杀说

如果李自成没有身死九宫山，也没有出家为僧，那么他的结局是怎样的呢？于是有人根据各地史料、地方志研究提出李自成在广东乐昌万古金城被部将所杀的说法。

2004 年 9 月，粤北乐昌市考古学者丘陵说："轰轰烈烈的明末农民大起义兵败后，李自成并没有出家做和尚，也没有前往九宫山，而是辗转来到粤北乐昌的金城山，蛰伏六年继续着其抗击清军的战斗，不幸为自己内部的叛军所害，死于'湘粤之途，马背之上'，乐昌万古金城是其最终归宿。"

据史料记载大顺军兵败后是分东西两路南撤的，东路人马由刘宗敏、田见秀、牛金星等人带领，西路人马由李过、高一功等人带领。可是，据丘陵考证，事实并非如此。大顺军是兵分三路撤退的，多出的一支就是由李自成率领的中路军。中路军是在部队到达襄阳时从东路军分出来的，并且由襄阳经荆州、澧州、凤凰、广西龙虎关、连县、宜章莽山等地，最终到达了广东乐昌金城山。

史书对此没有记载的原因，丘陵的解释是，大军师宋献策巧妙地分路行军，为了迷惑清军，以便让闯王能够安全脱险。看来，大军师的妙计不但瞒过了清军，也瞒过了考古学家们。

李自成到达金城山后，化名"曹国公"，以此为根据地，利用这一带险要地势，着手打造大顺南国京城，将"万古金城"着力打造为新的大顺京城。丘陵认为金城山就是万古金城。

金城山为粤湘边境一带的群山，坐落于乐昌梅花镇西北的武江三角洲，距坪石、梅花各约八公里。这一带山势险峻，山间小路崎岖，易守难攻，只有一条小路通往山顶。随着这条小路来到山顶，有一段用石头砌成的古城墙将山路堵死，顶部为半弧形的拱门，仅容一人通过，可谓"一夫当关，万夫莫开"。这就是万古金城的大门。

城里有一个个巨石形成的小山头，各山头之间地势相对平缓，这就是李自成屯兵之所。之所以选择在金城山一带屯兵，就是因为这一带山势险峻，易守难攻。

穿过城门，由一条山道往里走大约一公里处，有一座名为"万福仙"的寺院，寺内供奉着曹国公的木雕像。寺外有两块石碑，石碑上的字迹因年代久远已经看不清楚，但经过整理后仍可依稀看到"曹国公"的字样。据丘陵考证，此碑是民国时期的人为纪念"曹国公"而立的。至今，石碑还可辨认出"明末清初之际有曹国公结寨于此，并勒石于其间曰'万古金城'"的字样。

李自成以此为根据地，与北边据守坪石金鸡岭的高桂英率领的女兵、东边镇守庆云镇凑云山的宋献策所部共同抗清。

后来，李自成被叛军所害，葬于金城山岭中，后移迁至佛地凑云山。"前三山，后三山，面前流水转九弯；左有青龙倚皇榜，右有白虎朝马山。"据说就是一首隐喻李自成墓地的隐诗。

说到将曹国公确定为李自成的依据，丘陵说，不仅粤湘考古专家已经考证，就是在乐昌梅花一带的民间，也流传着这样的说法：曹国公不是姓曹，而是姓李，人称李大人。当年曹国公部众万余，石工数千，石头建筑如城墙、廊亭、庙宇等均标志有龙形图案。由此，丘陵判断，曹国公应该就是李自成，因为在明末清初，以真龙天子自称的李姓之人，除了李自成，再没有别人。

另外，化名曹国公的李自成还到过凤凰、龙虎关、莽山一带，这一点在当地的县志中均有记载，而此前已论证过的军师宋献策与太子逝于庆云凑云山之说都印证了这一说法。

丘陵提出的这一全新的观点，具有合理的成分，但是假设的嫌疑极大，缺乏强有力的论据可以证明，我们没有明显的史料证明当时李自成确实到了广东万古金城。而曹国公真的就是李自成吗？论述也过于牵强。

说李自成为叛将所杀，此人又是何人呢？论据都不充分，难以自圆其说。

明末清初，天下大乱，有能力拥兵自重的明朝将领或者农民起义军落草为寇，盘踞在此，也不在少数，不一定就是李自成一人。

退一步讲，如果此处真是李自成，如此家大业大，竟然没有引起南明和清朝军队的警觉，真是奇事。

可见这一观点论据多么牵强附会，难以为史学家所承认。

另外，甘肃榆中青城一户人家中，有一本抄修于康熙三年（1664年）的《李氏家谱》。上面有李氏族人逃难青城的明确记载。于是又有人提出甘肃榆中青城可能为李自成终老之处。当地至今民间还有李自成化装成和尚来青城投靠其族人的传说。当地李氏都以李自成后人自居，并有坟墓为证。这一说法的可能性极小，多不被人认同。

总的说来，李自成这位出身于贫苦农民家庭的传奇英雄，在我国明末清初的历史上，叱咤风云，戎马一生，以大无畏的革命精神坚持与腐朽的明王朝斗争，屡经沉浮，并最终推翻了明朝的统治，留下了无数的传奇故事。至于他兵败后，究竟落得了一个什么样的结局，恐怕很难说得清楚。

郑成功死亡之谜

郑成功收复台湾，是中华民族的大英雄。然而，就在收复台湾后的五个多月，也就是1662年6月23日（农历五月初八），年仅三十九岁的郑成功竟然去世了。而且五月初一发病，初八就离世，死前还曾登将台手持望远镜观望。历史上对他的死并没有给予过多的说明。壮年猝死，加之史记不详，郑成功之死给后人留下了太多的猜测。

到底是什么样的疾病让年轻力壮、踌躇满志的一代英雄就此陨落？恶性疟疾、流感、肺结核病、癫狂症等说法不一。

王钟麒《郑成功》一书写道："五月初八庚辰，登台罢，冠带请太祖《太祖训》出，坐胡床进酒读，至第三帙，叹曰：'吾有何面目见先帝于地下也！'两手掩面而逝。"一般的记载说他初一感受风寒，但病情很快就恶化。同时代人李光说："马信荐一医生以为中暑，投以凉剂，是晚而殂。"林时对、夏琳等人描述他临终前的异常症状："骤发癫狂"、"咬尽手指死"；"顿足抚膺，大呼而殂"。

　　有人说，导致郑成功猝死的是这段时间发生的一系列重大事件，让他痛心不已。家事国事天下事使他的精神遭受了巨大的打击，导致一病不起。

　　那么这段时间到底发生了什么呢？

　　一是永历帝逃到缅甸，九月被吴三桂俘虏。南明皇帝蒙难的消息传到了台湾，让郑成功备受打击。

二是清廷杀害郑成功父亲郑芝龙以及亲属十一人。噩耗传至，他曾经赋诗明志。"最怜忠孝两难尽，每忆庭闱涕泗流"，此事后，他常中夜悲泣，"居常郁悒"，最终悲伤过度导致一病不起。

三是吕宋发生屠杀华侨事件。

四是部下抗命成为压倒郑成功最后一根稻草。

郑成功患病时突然有人揭发其长子郑经与乳母陈氏通奸，郑成功大怒，下令斩郑经、陈氏和他们所生之子，以及郑经之母董氏。部将洪旭等大惊："主母、小主，岂可杀乎！"认为是郑成功患病导致下达了"乱命"，因此厦门、金门守将拒不奉命。得知金门、厦门诸将拒不执行他的命令，郑成功心里极端怨恨，病情急剧恶化。

四件大事，给了郑成功接二连三的打击，忧伤、悲愤、抑郁、暴怒，使他精神崩溃，再也支持不住了。

有人怀疑郑成功是被人投毒害死的。这是根据当时郑氏集团内部的矛盾斗争做出的合理推断。

首先，夏琳《闽海纪闻》：都督洪秉承调药以进，被郑成功投之于地，而后"顿足抚膺、大呼而殂"，郑成功有明显中毒后毒性发作的症状，发觉时为时已晚。

其次，郑成功信任的部下马信在郑死后很快地神秘死亡。马信是清朝降将，但郑成功对他很信任，郑成功去世的那天，他还推荐一位医生为郑成功治疗，当夜郑成功去世，第二天，也有人说第五天，马信也突然死了。据此猜测马信可能直接参与了谋杀郑成功活动，后来被人谋害灭口。

再次，郑成功的兄弟郑泰、郑袭毒杀郑成功。郑泰、郑袭乘郑成功盛怒之下命郑泰持令箭去监斩郑经等人造成父子对立的机会，谋杀郑成功，篡夺领导权。

第一，郑泰长期掌握着财政大权，早有异心，他曾暗地里在日本存有白银三十万，准备将来自己使用。

第二，郑成功死后，郑袭上台，弟承兄业掌握政权，笼络一些将领，发布郑的罪状，并且迅速作了军事部署。

第三，郑成功起初病不严重，登将台上望金、厦，看书饮酒，不肯服药，二人只有在酒里投适量的毒，才可能慢性中毒，七八天后发作引起死亡。

不过以上种种皆为推测，并没有什么确凿的证据，所以也就不能武断地认定郑泰、郑袭是谋杀郑成功的主谋。郑经挫败了郑泰、郑袭集团，接替父亲掌握了政权，虽然郑经后来设计杀死郑泰，却一直没有调查郑成功的死因，他当时没有解开这个谜，随着时间的推移，后人就更不容易破解这个疑案了。种种猜测，各有其理，孰是孰非，目前尚难定论。

杨秀清逼封"万岁"的真相是什么？

1856 年 9 月至 11 月，太平天国内部陷入了空前的内乱中。北王韦昌辉和燕王秦日刚率兵攻入东王府，将东王府上下几千人悉数杀死；之后，洪秀全又诛杀二人。1857 年，翼王石达开不满洪秀全的猜忌，率领十万精兵出走天京。这场"天京变乱"，严重挫伤了太平天国的事业，是太平天国运动由盛转衰的分水岭。

这场内乱缘何爆发，它的起因是什么呢？一般认为是因为东王杨秀清威逼洪秀全封自己为"万岁"，从而导致统治者内部诸王之间矛盾的总爆发。问题是，"逼封万岁"到底有没有这么回事，百余年来，史载各异，莫衷一是，成为太平天国运动史上的一桩疑案。

那么事实真相究竟如何呢？对此，史学界颇有争议。

根据史料记载，"逼封"确有其事。张汝南的《金陵省难纪略》中记载："一日，（杨）诡为天父下凡，召洪贼至，谓曰：'尔与东王俱为我子，东王有大功劳，何止称九千岁？'洪贼曰：'东王打江山，亦当是万岁。'又曰：'东世子（东王之子）岂止是千岁？'洪贼曰：'东王既万岁，世子亦便是万岁，且世代皆万岁。'东贼伪为天父喜而曰：'我回天矣。'洪贼归，心畏其逼而无如何也。"张汝南本人曾记载，这段记述"系访问确切，得以附入"。另外，太平天国后期重要将领李秀成在其被俘后所写的供状中，也曾提到这件事：杨秀清"过度要逼天王，封其万岁。那时权柄皆在东王一人手上，不得不封"，最终杨"逼天王到东王府，封其万岁"。另据《贼情汇纂》记载：杨秀清后来确实行为跋扈，"自恃功高，一切专擅，洪秀全徒存其名"；还说："秀清叵测奸心，实欲虚尊洪秀全为首，而自揽大权独得其实，其意仿古之权奸，万一事成则杀之自取。"且"每诈称天父下凡附体，令秀全跪其前，甚至数其罪而杖责之"。此时，杨秀清假借"天父下凡"逼洪秀全封其为"万岁"是完全可能的。由此得出结论，正是由于"逼封"事件的发生，才使得洪秀全感到东王有篡位之心，回宫后调动女兵防守王城，又密诏北王、翼王回京，从而出现了韦昌辉等血洗东王府的一幕。

学者们对此事深信不疑，他们一致认为，由于农民起义领袖自身的局限性，这种在革命政权相对稳定后，彼此恃功自傲、互相猜忌、争权夺利是完全可能的。因此，大多数史学家对"逼封"一事深信不疑，他们相信"天京变乱"始于杨秀清"逼封万岁"。

正如著名史学家罗尔纲先生说，"内讧的起因，确是由于杨秀清逼洪秀全让位而起"。徐彻也认为：天京变乱是"杨秀清逼洪秀全让位而起"，"杨秀清要挟天王，威逼他加封自己为万岁，应视为篡位之举"。李宏生也认为："从现存的资料来看，杨逼封万岁的史载恐难推翻，洪秀全'主动加封'杨秀清万岁的断语恐难足信。"林庆元认为："杨秀清为了夺取洪秀全的最高权位，曾图谋对洪行刺并逼洪封其万岁，这一史实是无法否认的。"

孙克复、关捷则是通过研究外国人在《华北先驱周报》上发表的通讯等资料认为，"杨秀清'逼封'问题，是千真万确，无可怀疑的"。"杨秀清'逼封万岁'给太平天国革命造成的后果是严重的"。"是整个'天京事变'的导火线"。

不过也有学者认为，"逼封万岁"一事纯属捏造，不过是韦昌辉或洪秀全以及二人合谋提出的诛杀东王的借口。

首先，李秀成的叙述有疑问。一、李秀成不可能是目击者，杨在天京"逼封万岁"时，李正在句容、金坛和丹阳一带同清军作战，根本不可能见识到"逼封"之事。二、李"时官小，不甚为事"，还没有直接参与诸王之间的活动，他所说的"逼封"一事，肯定是道听途说而来，未必可信。

其次，韦昌辉杀杨秀清之心早已有之，捏造此事诛杀敌人未尝不可能。学者庄福对此事做了评述："所谓杨秀清称'万岁'和'逼封万岁'说法，都是缺乏历史事实根据的。从天王诏旨和天国现存的文献记载看，杨秀清爵职虽续有增封，唯独'九千岁'之称照旧，参照清方和私家著述的记载，虽真伪间杂，互有歧异，但关于东王杨秀清及其子东嗣君称'九千岁'和天国诏旨，文献记载是完全一致的"，"杨'逼封'不是事实，而是韦昌辉策动'天京事变'诛杨伪造的口实。"

《石达开自述》记载，早在就督江西之前，韦昌辉就有诛杀东王杨秀清之心，虽被洪斥责拒绝，但杀心从未减少。韦杀杨后，洪曾指责他："尔我非东王不至此，我本无杀渠之意。"杨死后，洪在《赐西洋番弟诏》中提及东王是"遭陷害"，并规定"东升节"有关事项，以纪念杨秀清。从这些记载中，我们可以推测出，韦昌辉捏造了"逼封"之说，以此为借口，打着天王"密诏"的旗号，诛杀宿敌杨秀清。

再者，"逼封万岁"很可能是洪秀全和韦昌辉合演的闹剧。

有研究者认为："洪秀全和韦昌辉发动突然袭击杀害东王杨秀清时，总得找个借口，于是在杨秀清死后立即出现了'逼封万岁'的谣言"，"根据'谣言对谁有利'的线索，我们不难发现：这些谣言都来自天王府，来自洪秀全。"

最初，洪秀全密诏韦昌辉和石达开秘密进京，显然有让二王"救驾"的意思，此时，洪秀全已有诛杀东王之心。之后，韦昌辉提出了"逼封万岁"，洪秀全也就顺水推舟了。等杨死后，洪秀全才惺惺作态地表明自己没有杀杨之心。

有趣的是，太平天国的官方文书里并没有"逼封万岁"的记载。史学者奚椿年因此认为此事的真实性值得怀疑。"杨秀清代天父传言，一般都是把内容笔录下来，并作为文件一直保存"，"而这一次'逼封万岁'的传言，偏偏没有一字记录，连洪本人也未提及"，"在英国发现的全部《天父天兄圣旨》中仍无此事的记载"。1856 年 8 月 9 日天父下诏书，"明白无误地记的是天父指责'朝内诸臣不得力，未齐敬拜帝真神'。而所谓'封其万岁'，天父既未主动提出，杨也无'逼封'之举：这就再次证明了，《金陵续记》、《金陵省难纪略》以及《李秀成自述》所记均是与事实不合的"。

还有一说是洪秀全主动加封"万岁"。著名史学家方诗铭就认为，1856 年，太平天国大破清军江南大营，天京相对稳定。洪、韦认为时机已到，对杨秀清施加毒手。这次内讧应该是洪秀全挑起的。因为如果杨秀清的"万岁"称号属于"逼封"，那么，杨秀清自然会有所准备，即使洪、韦发动突然袭击，也不能轻而易举地将他杀死。那么事情的真相到底是怎样的呢？新本《石达开自述》记载，加封"万岁"是洪主动提出的，目的就在于一方面是麻痹杨秀清，一方面又激怒韦昌辉，借韦之手杀死杨，再除掉韦昌辉，《李秀成自述》的记载不过是事后按照洪秀全意图伪造的历史。就当时的情况分析，这样的推测不无道理，因此"主动加封说"确实也有道理。

杨秀清究竟有没有"逼封万岁"，是关系到"天京变乱"起因以及评价洪、杨功过的一个重要问题，也是太平天国研究中无法回避的问题，所以在得到足够的证据之前，是不好随便下结论的。

吴佩孚死亡之谜

直系军阀头子吴佩孚自诩一代名将。军阀混战之时，吴佩孚曾煊赫一时。北伐之后，兵败逃到四川。1931年"九一八事变"以后，日本帝国主义扶植溥仪搞伪满洲国，吴当即通电反对。不久，吴佩孚出山抗日。不过此时"威孚上将军"已是名存实亡。1932年年初，吴佩孚到达北平时，蒋介石曾明示北平政治分会主席张学良对失势的吴氏"敬鬼神而远之"。尽管如此，吴佩孚抗日的决心却是坚定的。

1935年日本侵略者策动汉奸搞华北自治，要吴佩孚做"华北王"。吴佩孚愤然作色道："自治者，自乱也。"加以拒绝。1937年"七七事变"后，日军要吴佩孚出任北平维持会会长，他断然拒绝。1938年日本侵略者决定把华北伪政府和伪南京政府合并为一个汉奸政权，日本大特务土肥原贤二又要拉吴佩孚做"中国王"，吴佩孚说："叫我出来也行，你们日本兵必须全部撤出中国去。"日本侵略者自然不会撤兵。吴佩孚大义凛然拒做汉奸，这让日本人很恼火，杀心渐起。

1939年年底，吴佩孚被日方纠缠，气急交加，突患牙疾，肿痛难耐。按理说，牙病肿痛期间不可拔牙，以防感染。但是日本人头子板垣征四郎却马上指示日本牙医伊东前去探望，为吴拔牙。伊东再三劝说吴拔牙，谁知，吴拔牙后脸即刻肿胀起来，晚上已经没法说话了，四天滴水不进。德国名医诊断认为须入院做手术，并让赶快送往东交民巷的德国医院。但是，吴佩孚坚持不破"不入租界"的誓言，拒绝去位于东交民巷的德国医院医治。

1939年12月4日，吴佩孚死在了北平。

吴佩孚秘书帮办张伯伦是当时唯一没有被日本人收买的人。他后来回忆了吴佩孚最后的日子。

12月4日张伯伦是最后一个单独去看吴佩孚，张只是听到吴

断断续续发出声音："死了的好，死了的好。"后来，吴和张说："将来日美必有一战，中国定可雪耻报仇。"当天下午三点，直系头子之一、汉奸齐燮元与日本特务川本大作带领日本军医石田等及日本宪兵闯入吴宅，严禁外人入内。他们一进屋，就拿出钢条和手术刀，开始撬吴的嘴巴，狭长的手术刀随着日本军医颤抖的手向嘴里伸去……五姑爷张瑞丰大喝一声："慢着！"川本当即气势汹汹地威胁："你——什么事？"张瑞丰怒目相向："手术为什么不打麻药？"吴的妻子也醒悟过来，大声抗议："既然是开刀，为什么不打麻药？"做戏做足，石田在皮包内翻了半天才拿出针剂，给吴注射了一针。然后，他撬开吴的嘴，不过狭长锋利的手术刀，并不指向灌脓肿胀的牙龈，而是猛地刺向吴的喉咙。张瑞丰亲眼所见，鲜血从吴佩孚的嘴里喷射出来，直喷到两个护士的脸上。吴佩孚两眼几乎迸裂出来，怒视着川本一伙，鲜血还在汩汩地往外流，顷刻，气绝身亡。

当时，吴的夫人张佩兰一直被齐燮元挡着不能近前，并没有看到这一幕，于是日本人谬称吴是病死。

很快，吴的死讯传遍了北平城，"大帅没有屈服于日本人"也感动了北平的老百姓。1940年1月24日，是吴佩孚出殡的日子，这一天，北平城中刚下过一场大雪，冷风凄凄。天刚蒙蒙亮，北平的百姓纷纷自发送别这位没有屈服的大帅。一路上电车、汽车全部停驶，路旁站满了人，自发聚集的北平市民为直系军阀头子吴佩孚送行，足有千人之多，有亲属、重庆国民政府偷偷派来的使者，还有一些日本人也夹杂其中。

第五章　红颜美人的悬案故事

西施的结局之谜

在中国四大美女中，西施是其中之一。西施很美，传说西施浣纱，溪中的鱼儿见了来浣纱的西施容貌惊艳，都感到自愧不如沉入江底，于是有了"沉鱼"之说。

西施，名夷光，越国人，春秋战国时期出生于萧山临浦苎萝山下苎萝村（今杭州市萧山区临浦苎萝村），家中依靠父亲打柴卖柴、母亲浣纱为生。西施小的时候，也常在溪边浣纱，故有浣纱女之称。

春秋末年，吴越争霸，越国惨败。越王勾践向吴国国王夫差乞降，被囚禁在姑苏虎丘，含垢忍辱，三年后被放回越国。回国后的勾践君臣，立志复国，兵力虽逐渐强盛，但仍远远不敌吴国。大夫范蠡建言，吴王夫差好色，若实施"美人计"，必当成功。勾践允诺。

于是，范蠡在民间寻觅美女，和西施一见钟情，而西施对这位气度不凡的将军也是一见倾心。为了国家利益，西施做出了牺牲，范蠡以爱人向夫差上演了一出"美人计"。

西施果然很快得到了夫差的宠幸，他不顾群臣反对，立刻将西施纳入后宫。聪明伶俐的西施却时刻牢记自己的政治使命，她

用尽浑身解数让吴王宠爱她并听信她的话，一年四季享乐游玩、不理政事，吴国政治逐渐腐败下去。相反，此时的越国却在勾践的治理整顿下，国力增强，军队训练有素。

公元前482年夏初，吴越再战，越国一雪前耻，大败吴国。

根据范蠡的约定，吴国灭亡后，娶西施为妻。然而，历史是否真是如此呢？西施的结局到底如何，历来有不同的说法。

一说西施沉海。传说勾践灭吴后，害怕给人留下以女色取胜的名声，于是暗中叫人骗出西施，绑上石头沉入大海。

二说西施隐居。相传范蠡、西施曾寓居宜兴，今天的蠡墅就是他们当年居住过的地方，而江苏一些地方的"施荡桥""西施荡"等名称也都与西施有关。

东汉袁康的《越绝书》记载，"吴亡后，西施复归范蠡，同泛五湖而去"。而明代胡应麟的《少室山房笔丛》认为吴国覆亡后，范蠡带着西施隐居起来，两人泛舟五湖，成了一对神仙眷侣。唐陆广微撰的地方志《吴地记》中记述有关范蠡与西施在越国破吴后破镜重圆、泛湖而去的说法。

三说西施落水。这种说法的依据就是初唐诗人宋之问《浣纱》诗"一朝还旧都，靓妆寻若耶；鸟惊入松梦，鱼沉畏荷花"，认为吴亡后西施回到故乡，在一次浣纱时不慎落水而死。但此说缺乏证据。

四说西施被杀。传说吴王自刎而死时，吴人认为是西施误国，将一腔怒火都发泄在西施身上，用锦缎将她层层裹住，沉在扬子江心。据《东坡异物志》记载："扬子江有美人鱼，又称西施鱼，一日数易其色，肉细味美，妇人食之，可增媚态，据云系西施沉江后幻化而成。"

在以上四种说法中，沉海说和隐居说流传最广，而且相关的证据资料也最多。

西施的结局众说纷纭，更多的是后人对于这位美女一生的感叹和美好的愿望。一个山野浣纱女，却担起了光复国家的重任，她最终不辱使命，为越国复兴和吴越战争的胜利作出了巨大贡献。

貂蝉的最终结局如何？

貂蝉，中国又一位充满传奇色彩的女性。传说中，当貂蝉还是花季少女时，对月而拜，明月面对貂蝉的容颜，自惭形秽，慌忙躲进云中，再不肯出来，后人以"闭月"的美名来形容貂蝉。然而就是这样一位美女，她的故事到底是如何终结的，至今却无人知晓。

罗贯中在《三国演义》中倾注大量笔墨渲染貂蝉义举，却对"长安兵变"后貂蝉的下落，保持沉默。主流的文人榨干了貂蝉的历史价值后，无情地抛弃了她。只有那些同情、喜爱貂蝉的人还在追问她的下落，或是为她的不幸悼念，或是为她编织一个美丽的结局。

貂蝉惨死。今天我们在一些地方戏曲或是传奇杂剧中，可以看到貂蝉惨死的悲剧下场。

第一种版本，昆剧有《斩貂》一折。白门楼吕布被曹操斩首，貂蝉也被张飞转送给了关羽，但是，关羽认为貂蝉水性杨花、朝三暮四，难免为他人所玷污，只有一死才能保全其名节，于是，趁夜传唤貂蝉入帐，拔剑痛斩美人于灯下。

第二种版本，杂剧中有《关公月下斩貂蝉》。吕布被斩后，貂蝉被曹操所获。曹操想要收买关羽，于是派貂蝉前去引诱。结果，关羽心如磐石，不为貂蝉所诱惑，杀死了貂蝉。

显然，在这两个版本中，都是在突出关羽的正人君子形象，貂蝉依然是被作为工具，其下场不可谓不悲惨。

明代以来，经过儒家文人的悉心改造，貂蝉的形象开始贴近士绅阶层的伦理标准。于是有了第三种版本、第四种版本，突出貂蝉的政治大义。

在明剧《关公与貂蝉》中的貂蝉向关羽痛说内心冤屈。她说，自己施展美人计为汉室除害。貂蝉的大义赢得关羽的尊重，但关羽决计为复兴汉室献身，貂蝉只好怀着满腔柔情自刎，以死来验证自身的政治贞操。一说，关羽为貂蝉大义所感动，庇护貂蝉逃走，削发为尼。后曹操派人追捕，貂蝉保全桃园三兄弟，使他们不要重蹈自相残杀的覆辙，毅然触剑身亡，一缕幽怨的香魂追随国家大义而去。

貂蝉善终。文人们基于对貂蝉的同情以及感动于她的大义，为她安排了圆满的结局。

第一种版本是貂蝉出家为尼，以佚名方式写下杂剧《锦云堂暗定连环计》，向世人言明自己的政治贡献，赢得世人的尊重，自己也得以寿终正寝。

第二种版本是关羽护送貂蝉回到其故乡木耳村，而貂蝉从此在家乡守节未嫁，后被乡人建庙祭奠。传说中，貂蝉为了谋生和丰富群众文艺生活，她还组织戏班演出，据说当年搭建的戏台今天依然存在，成为该村一个诱人的景点。

第三种版本是貂蝉被关羽纳为小妾，定居成都，本想在功成名就后慢慢享用，不料自己兵败身死，可怜的貂蝉从此流落蜀中，成了寂寞无主的村妇。

貂蝉自杀。海外的日本《三国志》和横山光辉的《三国志》

中，董卓被杀死后，她自己的使命也就结束了，貂蝉选择了自杀。电视版《三国》中貂蝉（陈红饰）也选择了同样的方式结束自己的生命。吕布杀死董卓后她选择了自杀，结束了自己的一生，当吕布发现时她早已身亡了。

近年来，有爆料说，1971年有人在成都北郊拾得一块古碑，其铭文约略为：貂蝉，王允歌姬也，是因董卓猖獗，为国捐躯……随炎帝入蜀，葬于华阳县外北上涧横村黄土坡……这是有关貂蝉下落的最新证据，却无力证明任何东西。

有人认为这里的"炎帝"疑为"关帝"的讹记，认为这个石碑可以作为史料，但是1652年清顺治帝加封关羽为"忠义神武关圣大帝"，民间才出现"关帝"的简称。因此，成都发现的墓碑，最多只是清代好事者的伪作。

那么，貂蝉的故事最终是个怎样的结局呢？至今依旧是个不可索解的悬谜。

杨贵妃真的死于马嵬驿吗？

马嵬驿（即马嵬坡）风云迭起，一代美女杨玉环香消玉殒，从此，世间只留此恨绵绵无绝期的遗憾。然而，杨贵妃真的死了吗？日本或者美洲所谓的杨贵妃墓又是怎么一回事呢？

杨贵妃没有死在马嵬驿。史学界根据日本的杨贵妃墓做出了如此的判断。他们认为当时只是赐死了一个宫女当做替身，以假乱真罢了，实际上杨贵妃只是被贬为庶人，流落于民间。著名红学家俞平伯在《论诗词曲杂著》中认为：白居易的《长恨歌》以"长恨"为篇名，写至马嵬驿已经足矣，何必还要在后面假设临邛道士和玉妃太真呢？这是暗示，杨贵妃没有死于马嵬驿。诗中

明言唐玄宗"救不得",自然也不会有正史所载赐死的旨意。因此,当时决不会被赐缢死。另外,陈鸿的《长恨歌传》所言"使人牵之而去"真正的含义就是说杨贵妃被使者牵去藏匿远地了。白居易在《长恨歌》里也说唐玄宗回銮后要为杨贵妃改葬,"马嵬坡下泥中土,不见玉颜空死处",没有尸骨就是没有死亡的一个证明。陈鸿作《长恨歌传》时,还特别点出:"世所知者有《玄宗本纪》在。"而"世所不闻"者,今传有《长恨歌》,就是暗示杨贵妃并未死,而只是流落到了民间。

还有人说杨贵妃出家当了女道士。马嵬坡未见杨贵妃尸首,唐玄宗又派遣方士四方寻找。白居易的《长恨歌》有"上穷碧落下黄泉,两处茫茫皆不见",暗示杨贵妃没有香消玉殒,而是流落到了"玉妃太真院"当了女道士。不过,唐时的"女道士院"其实就是青楼,由此推断,杨贵妃沦落风尘。因此,唐玄宗才"此恨绵绵无绝期",悔恨难当。

显然,杨贵妃没有死的说法都带有臆测和断章取义的嫌疑,都没有有力的证据为依托,并且白居易的《长恨歌》只是文学作品，难免会带有作者自己的想象和创造，虽然包含有一定史实，但拿来作为杨贵妃没死的论据，毕竟勉强。

还有人说杨贵妃逃亡日本。俞平伯在论证杨贵妃没有死于马嵬驿的基础上，还进一步论证她几经周折，逃到了日本，随她一起出逃的还有杨国忠的儿媳及孙子杨欢。在日本民间和学术界有关杨贵妃逃到日本的种种说法，广为流传。至今日本还有两座杨贵妃墓。其中有一则就是说，杨玉环寓居日本时，曾帮助日本天皇挫败过一起宫廷政变。

那么杨贵妃是怎么逃脱死亡命运的呢？传说，禁军将领陈玄礼怜惜杨贵妃貌美，不忍杀之，于是与高力士合谋，以侍女代死。高力士用车运来杨贵妃尸体，查验尸体的便是陈玄礼，金蝉脱壳之计得以成功。之后，陈玄礼的亲信护送杨贵妃南下，到了现在上海附近，漂洋过海到达了日本，并在那里颐养天年，死后就葬在那里。日本历史学家邦光史郎在《日本史趣事集》中也言之凿凿地说：杨贵妃最终死于日本，葬在久津的二尊院院内。至今当地还保存有相传为杨贵妃墓的一座五轮塔。还供奉着一尊造型优美的杨贵妃塑像。墓前有两块木板，一块是关于五轮塔的说明，一块是关于杨贵妃的说明，上面写着："充满谜和浪漫色彩的杨贵妃之墓——关于唐六代唐玄宗皇帝爱妾杨贵妃的传说。"

久津的人们对杨贵妃有着特殊的感情，好像杨贵妃就是他们这个地方的人一样。甚至有人说杨贵妃在这儿还有后代，后代姓八木。1963 年有一位日本姑娘甚至向电视观众展示了自己的一本家谱，煞有介事地声称自己就是杨贵妃的后人。日本著名影星山口百惠，也自称是杨贵妃的后裔。如今的久津渔村，更以"杨贵妃之乡"而闻名。

人们一直坚信一个古老的传说：当年杨贵妃在"安史之乱"

的形势下，被逼无奈乘坐"空舻舟"漂在海中，经过漫长时日听天由命地漂泊，由于海流的作用，漂到了日本一个叫做"唐渡口"的地方，这就是日本山口县的久津。今天，这里的日本人仍喜欢到杨贵妃墓朝拜，说这样做可以得到漂亮可爱的孩子。

那么，既然杨贵妃没有死，唐玄宗知道吗？日本《中国传来的故事》（1984年《文化译丛》第5期）一文中则记载道："唐玄宗平定安禄山之乱，回驾长安，因思念杨贵妃，命方士出海搜寻，至久津向杨贵妃面呈唐玄宗佛像两尊。杨贵妃则赠玉簪以为答礼，命方士带回献给唐玄宗。虽然互通了消息，但杨贵妃未能回归祖国，在日本终其天年。"这两尊佛像现在还供奉在日本的久津。

2005年，著名作家叶广芹，实地考察了日本久津的杨贵妃墓和二尊塔，向当地的百姓询问相关情况，并到"唐渡口"实地看了回流情况，还看了日本有关杨贵妃逃往日本的记录，发表了《杨贵妃下落之谜》的演讲文。对杨贵妃在刀光剑影中，如何逃亡日本进行了详细的论述。

按她的解释，杨贵妃逃亡日本是有可能的。主要基于以下四个要素：第一，杨贵妃本人待人厚道，没有得罪什么人，大家对她还是很有感情的。第二，得到前夫李瑁的帮助。而李瑁当时处于调节唐玄宗和军队各方面关系的地位。第三，得到高力士的大力帮助，当初就是高力士设计让杨贵妃先当道士，后成为唐玄宗的爱妃，所以他不可能勒死杨贵妃。第四，她的侄儿杨暄时任鸿胪卿，也就是外交部长，杨暄与日本遣唐使交情深厚，因此，杨贵妃流亡日本的可能性极大。

叶广芹描述了杨贵妃可能的流亡路线，沿着傥骆道从骆驿口进来，洋县出去，沿着汉江南下，然后到长江，再往南到海边，最后在日本遣唐使的帮助下到达了日本。

当然，这也只是一种说法，中国正史的记录和日本的记录谁是谁非，是不好说清的。

不管怎么说，喜爱美好事物的人们总是希望美丽的东西有个好的结局。关于杨贵妃之死的传说也就越来越生动，当然，离真正的历史也越来越远。这其中反映出了随着时代的推移人们对杨贵妃之死的同情和一种重新的认识，也不排除在当今形势下，人们大打杨贵妃牌，借杨贵妃的声誉，来活跃旅游业。

但是历史终归是历史，杨贵妃被缢杀于马嵬驿的史料是比较翔实的，已得到公认。想要推翻之前的史料，估计需要更为严谨翔实的考古或是文献支持才行。

既然杨贵妃确实是在"安史之乱"中香消玉殒的，那么她究竟是怎么死的呢？

一说缢死马嵬驿。

《旧唐书·杨贵妃传》载：禁军将领陈玄礼等杀了杨国忠父子后，认为"贼本尚在"，"后患仍存"，请求再杀杨贵妃以除后患。唐玄宗百般无奈，与杨贵妃诀别，"遂缢死于佛室"，葬于马嵬坡前。后世史书多继承这一说法，如《资治通鉴·唐纪》中记载：唐玄宗是命太监高力士把杨贵妃带到佛堂缢死的。据唐史学家陈鸿《长恨歌传》，处决杨国忠后，"左右之意未决。上问之，当时敢言者，请以杨贵妃塞天下怨。上知不免，而不忍见其死，仅袂掩面，使牵之而云，仓皇辗转，竟就死于尺组之下"。

李肇《唐国史补》载："玄宗幸蜀，至马嵬驿，命高力士缢杨贵妃于佛堂前梨树下，马嵬店媪收得锦靿一只，相传过客每一借玩，必须百钱，前后获利极多，媪因至富。"北宋传奇作家乐史的《杨太真外传》记载：杨贵妃"乞容礼佛"。高力士遂缢死杨贵妃于佛堂前的梨树之下。明确指出杨贵妃被缢死马嵬驿梨树下。附近的老板娘拾到贵妃遗失的锦袜，大发横财。

陈寅恪先生在《元白诗笺证稿》中指出："所可注意者，乐史谓妃缢死于梨树之下，恐是受香山（白居易）'梨花一枝春带雨'句之影响。果尔，则殊可笑矣。"

不过，无论是佛堂还是树下，总之，史书都明确记载杨贵妃死于马嵬驿。日本学者也十分认可这一说法。日本汉学家井上靖先生的《杨贵妃传》一书，把这位传奇人物的悲欢离合，描写得淋漓尽致。关于杨贵妃的死，他的观点与中国历代学者观点一致，认为是被缢死于马嵬驿，而且还细致描写了杨贵妃被赐死前的态度。

一说死于当时的乱军之中。

还有些学者认为杨贵妃是死于当时的兵变中。这种说法的依据多是源于唐诗的描述。至德二年（757年），杜甫在叛军占据的长安城作了《哀江头》一诗，"昭阳殿里第一人，同辇随君侍君侧""明眸皓齿今何在，血污游魂归不得"似乎就是在暗示杨贵妃并非被缢死于马嵬驿，因为如果是缢死了，不可能有血迹，何来"血污"之说。李益七绝《过马嵬》和七律《过马嵬二首》中有"托君休洗莲花血"以及"太真血染马蹄尽"等诗句，更是将太真为乱军所杀，死于兵刃之下的情景描绘得淋漓尽致。

白居易《长恨歌》的"君王掩面救不得"、晚唐杜牧《华清宫三十韵》的"喧呼马嵬血，零落羽林枪"、张祐《华清宫和杜舍人》的"血埋妃子艳"、温庭筠《马嵬驿》的"返魂无验表烟灭，埋血空生碧草愁"等诗句，都是杨贵妃丧命军中，玄宗来不及救援的写照。试想，军队发生骚乱，杨贵妃被认为是"贼本"，遭到士兵们砍杀似乎是情有可原，不过，这些并不是史家实录，

不足为据。再说这些诗人也不是马嵬驿事件的见证人，以讹传讹的可能性极大。

一说吞金自尽。

中唐刘禹锡《马嵬行》云："绿野扶风道，黄尘马嵬行，路边杨贵人，坟高三四尺。乃问里中儿，皆言幸蜀时，军家诛佞幸，天子舍妖姬。群吏伏门屏，贵人牵帝衣，低回转美目，风日为天晖。贵人饮金屑……平生服杏丹，颜色真如故。"这首诗中，明确指出杨贵妃为吞金而死。

陈寅恪在《元白诗笺证稿》中提出质疑，刘禹锡所作《马嵬行》是流于"里中儿"的传言，所以会有很多说法。但是，陈寅恪也没有排除杨贵妃在被缢死之前，也有可能吞金，所以才为"里中儿"所传说。

总之，正史记载杨贵妃缢死于马嵬驿佛堂，最为可信。但是由于年代久远，史料记载多有分歧，杨贵妃究竟是死于佛堂或者梨树下，抑或是被乱军杀死或者吞金而亡，恐怕难以说得清楚了。

梅妃其人探秘

杨贵妃引起后人无数的猜想更多源于她和唐玄宗的爱情。然而，人们不知道的是，在她之前，还有一位美女和玄宗上演过一出爱情悲剧。她就是梅妃。当杨贵妃专宠的时代到来，这位梅妃竟然不明不白地死去，甚至引发了后人对她存在与否的争论。

《梅妃传》记载：梅妃本姓江名采苹，祖籍福建莆田，唐代开元年间（713—741年）被高力士选入宫中。梅妃得名，因其爱梅，玄宗喜欢她的才情，封她为"梅妃"。梅妃飘逸俊美，尤擅诗赋，一度很得玄宗宠爱。直到杨玉环入宫，封为贵妃，梅妃才失势。后来迁往上阳东宫，实际上相当于打入冷宫，也渐渐被人们遗忘。

梅妃的遭遇值得人同情，不过很多学者对于梅妃其人的存在与否产生了更为浓厚的兴趣。

梅妃不过是小说家的杜撰。福建的黄建聪先生对此有详细的考证。

　　首先，既然梅妃是唯一能与杨贵妃分庭抗礼的宠妃，为何《旧唐书》《新唐书》《资治通鉴》等史书都没有关于这个人物的只言片语？

　　其次，梅妃的故事皆根源于《梅妃传》，《梅妃传》却没有明确的作者。尽管有人认为是唐代曹邺所作，但证据并不充分。因此，《梅妃传》本身的可信度不高，更不用说衍生于此的其他作品了。

　　最后，历史上没有记载高力士到闽粤一带进行选美之事。玄宗兄弟中没有汉王，只有一个广汉王。《梅妃传》中记载的梅妃贬居之处"上阳东宫"位于洛阳，与长安相距甚远，附近也没有"翠华西阁"，不可能发生深夜召幸后又"步归东宫"的事情。

　　梅妃查无此人，很多著名学者都有论述。鲁迅先生在《中国小说史略》中把《梅妃传》列为"宋之志怪及传奇文"之类，就是认为梅妃就是小说家杜撰出来的。"《梅妃传》一卷亦无撰人，盖见当时图画有把梅美人号梅妃者，泛言唐明皇时人，因造此传……今本或题唐曹邺撰，亦明人忘增之。"鲁迅对梅妃这一人物的真实性持怀疑态度，他认为，当时人们对宋代仕女画中的梅妃并不了解，只是泛泛地说她是唐玄宗时的人。

　　刘大杰先生在其《中国文学发展史》一书中也明确地阐述："尚有无名氏之《梅妃传》一篇，写江采苹（梅妃）与杨贵妃争宠见放的故事，无作者名。……明人题为唐曹邺作，不可信。"当代文学史家郑振铎也认为梅妃不过是个虚构人物。

　　但是，正史没有记载不代表就没有这个人。历史上地位高于梅妃而史上无传的例子比比皆是。野史中的记载便成为珍贵的史料，这在史学中是非常常见的。因此，许多人依然坚信梅妃实有其人。

　　《梅妃传》可信度很高，并非作者不详。清代陈莲塘《唐人说荟》题曹邺作。传后跋云："此传得自万卷朱遵度家，大中二年七月所书，字亦媚好。"曹邺是大中四年进士，距梅妃的时代仅有几十年，朱遵度是北宋初年的名士，其记载相当可信，没有理由怀疑。后来有许多有关梅妃的故事似乎都在论证梅妃这个人物的可信性。如南宋著名诗人刘克庄写有咏叹梅妃的诗，明清的戏剧有《梅妃》《惊鸿记》《一斛珠》及《长生殿》。

　　现代的许多著名文人也都承认梅妃的存在。郁达夫在《闽游滴沥》中说："福建美人之在历史上著名的，当然要首推和杨贵妃争宠的梅妃。"郭沫若先生在《途次莆田》诗中写道："梅妃生里传犹在，浃祭（郑樵）研田有子遗。"

　　不仅如此，出土文献也证明了梅妃的存在。《江氏族谱》《兴化府志》和《莆口县志》中详细记载了梅妃的家世。据《江氏族谱》记载："采苹之父仲逊，字唯恭，封镇国将军，金紫光禄大夫；兄采芹，册封为国舅，忠于帝室，死后，赐食庙祭。"梅妃在莆田的"节孝祠"，列在首位，春秋致祭。福建省莆田县董石乡江东村，也就是梅妃的故乡，至今还保留着许多梅妃的有关古迹，这也为梅妃的真实性提供了佐证。

　　江东村中的"浦口宫"就是为梅妃所建。"浦口宫"气势非凡，屋脊高低起伏，最高处有两条蟠龙相对嬉戏，寄托着人们对这位从小渔村走进皇宫的传奇女子的同情和喜爱。

　　梅妃容貌清丽，性情温婉，颇有才情，在人们的心目中一直备受同情。但历史的尘埃让人物的真实性披上一层迷雾，给我们留下了一个千古之谜。

说明：书中部分图片来自网络，如牵涉到版权问题，请与本书作者联系。